NOUVELLES AMÉRICAINES.

—

GRAND IN-8°. — 1re SÉRIE.

EDGARD POE

NOUVELLES

AMÉRICAINES

TRADUCTION NOUVELLE

PRÉCÉDÉE D'UNE NOTICE SUR EDGARD POE

PAR

G. LAVERGNOLLE.

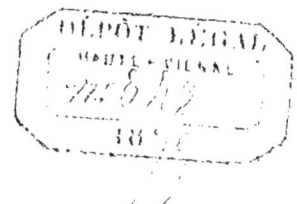

LIMOGES	PARIS
F. F. ARDANT FRÈRES,	F. F. ARDANT FRÈRES,
Avenue du Midi, 7.	Quai du Marché-Neuf, 4

NOTICE SUR EDGARD POE.

Quelle maladie est comparable à l'alcool!
EDGARD POE. — *Le chat noir.*

Edgard Poe naquit en 1813 à Baltimore. Sa famille était originaire de Richemond, où elle tenait une place distinguée, son grand-père était *quarter-master-general* dans la guerre de l'Indépendance, et Lafayette l'honora de son amitié. Son père, Daniel Poe, s'éprit d'une actrice anglaise, Elisabeth Arnold, célèbre par sa beauté, qu'il épousa, et se fit comédien. Quelques années plus tard ils moururent laissant trois enfants en bas-âge, parmi lesquels était Edgard.

Dès sa plus tendre enfance, Edgard fit preuve d'une grande intelligence, et un riche négociant de Baltimore, M. Allan, séduit par la jolie figure de l'enfant et la précocité de son esprit, l'adopta.

Plus tard, son père adoptif, — dont il avait joint le nom au sien, — le fit voyager avec lui en Ecosse et en Angleterre où il le laissa pour terminer son éducation à Stoke-Newington, près de Londres, chez le docteur Bransby. De retour en Amérique, Edgard entra en 1825 à l'Université de Charlottesville où il se fit remarquer par des aptitudes extraordinaires pour les mathématiques, et une intelligence hors ligne, mais sa conduite désordonnée ne tarda pas à l'en faire chasser.

S'étant brouillé avec son père adoptif, Edgard partit pour la Grèce, et s'enrôla parmi les défenseurs de l'indépendance. A partir de ce moment, sa vie est inconnue pendant plusieurs années. Plus tard on le retrouve compromis à Saint-Pétersbourg dans un triste affaire, et il n'échappa à la justice russe que grâce à la protection de Henry Middleton, ministre des Etats-Unis.

Il revint alors en Amérique où il se fit admettre en 1829 à l'école militaire de West-Point. Son séjour y fut de courte durée : quelques mois après son caractère indisciplinable l'en fit chasser. Il se jeta alors pour vivre dans la littérature et publia un premier volume de poésies où il se révélait comme un poète de premier ordre. La misère le fit ensuite soldat, mais dès qu'il fut libre, il reprit la plume.

Une revue ayant fondé un concours de poésie, Edgard remporta le prix, ce qui lui valut la place de directeur du *Southern Literary Messenger* que fondait à Richemond M. Thomas White. Grâce à lui, la nouvelle revue obtint rapidement un grand succès. Il épousa alors sa cousine, *Virginia Clemm*, jeune fille charmante, mais sans fortune.

Depuis quelque temps déjà, Poe se livrait à l'abus des boissons alcooliques. Ce funeste penchant le brouilla avec M. White, et il se trouva sans position. Il se mit alors à parcourir les principales villes de l'Union, fondant, dirigeant des revues, y collaborant par des articles critiques, philosophiques, et des contes aussi étranges qu'intéressants. Mᵐᵉ Poe mourut à Fordham, et le poète y ressentit la première attaque du *delirium tremens*.

Ses travaux littéraires suffisant à peine pour le faire vivre, il entreprit de donner des *lectures* de ses œuvres, et le succès dépassa tellement son espérance qu'il comptait pouvoir s'établir définitivement à Richemond. Appelé par quelques affaires à New-York, il partit le 4 octobre, étant indisposé. A Baltimore où il arriva le 6, il était plus souffrant, et il entra, avant de partir pour Philadelphie, dans une taverne pour y prendre quelque excitant. Il y rencontra malheureusement quelque anciennes connaissances, et s'attarda. Le lendemain on trouva dans les rues de Baltimore un homme respirant à peine. On ne découvrit sur ce corps., ou plutôt sur ce cadavre, ni argent, ni papiers qui pussent établir son identité. Transporté à l'hôpital, Edgard Poe y mourut le 7 octobre 1849, vaincu par une nouvelle attaque de *delirium tremens*, à l'âge de trente-sept ans.

Il a laissé un poëme cosmogonique, *Euréka*, différente poésies, un roman, les *Aventures d'Arthur Gordon Pym* et un grand nombre de contes et de nouvelles.

NOUVELLES

AMÉRICAINES

Le Scarabée d'or.

Je fis, il y a quelques années la connaissance d'un
monsieur William Legrand, connaissance qui ne
tarda pas à devenir intime. La famille de mon
nouvel ami était protestante ; jadis elle avait été
riche, mais de nombreux revers l'avaient presque
réduite à la misère. Sa situation était tellement
amoindrie qu'il quitta la Nouvelle-Orléans, patrie
de ses aïeux pour éviter l'humiliation de ses dé-
sastres, et vint s'établir dans la caroline du Sud,
dans l'île de Sullivan, près de Charlestown.

Cette île est des plus singulières. Composée presque exclusivement de sable de mer, elle a environ
trois milles de long, tandis que sa plus grande
largeur est à peine d'un quart de mille. Une crique

presque invisible qui traverse des roseaux, rendez-vous ordinaires des poules d'eau, la sépare du continent. La végétation de l'île est presque nulle, comme on peut le penser, et les arbres d'une certaine taille y font entièrement défaut. Vers l'extrémité occidentale s'élève le fort Moultrie entouré de quelques misérables cabanes de bois où habitent les gens qui fuient pendant l'été les poussières et les fièvres de Charlestown. Cette portion de l'île est en partie plantée de palmiers nains sétigeres. A l'exception de ce point occidental et d'un triste espace blanchâtre qui borde la mer, le reste de l'île est envahi par d'épaisses broussailles de myrte odoriférant que les horticulteurs anglais recherchent tant. L'arbuste atteint souvent une hauteur de quinze à vingt pieds et forme des taillis impénétrables dont les parfums se répandent dans l'air.

Je fis la connaissance de Legrand par hasard. Il habitait la partie orientale de l'île, c'est-à-dire la plus éloignée, dans une cabane qu'il s'était bâtie au plus épais des taillis. Il avait reçu une forte éducation, heureusement servie par des facultés peu communes, mais il était misanthrope et sujet à de déplorables alternatives d'enthousiasme et de mélancolie. Il avait chez lui beaucoup de livres dont il se servait rarement. Il passait son temps à pêcher, chasser, ou flâner sur la plage en ramassant des coquillages. Il était ordinairement accompagné, dans ses excursions par un vieux nègre, Jupiter, affranchi avant les revers de fortune de sa famille, mais qu'on n'avait jamais pu décider à abandonner *Massa Will*. Il est à croire que les parents de Legrand, persuadés que celui-ci avait la tête dérangée, n'avaient fait qu'encourager l'obstiné Jupiter, pour laisser auprès du fugitif une espèce de gardien et de surveillant.

Les hivers ne sont que rarement rigoureux sous la latitude de l'île de Sullivan, aussi est-ce un événement quand, à la fin de l'année, on est obligé d'allumer du feu. Cependant vers le milieu d'octobre de l'année 18.., il fit un jour de froid remarquable. Vers le coucher du soleil, je traversais les taillis de myrte en me dirigeant vers la hutte de Legrand que je n'avais pas vu depuis plusieurs semaines. J'habitais Charlestown, à neuf milles de l'île, et les communications n'étaient pas aussi faciles qu'aujourd'hui. J'arrivai à la cabane et frappai selon mon habitude. Je ne reçus aucune réponse. Alors prenant la clef à l'endroit où on la cachait, j'ouvris la porte et j'entrai. Un feu clair pétillait dans l'âtre ; je fus agréablement surpris, et retirant mon paletot, je m'assis dans un fauteuil auprès des bûches en attendant le maître du logis.

Il arriva peu après la tombée de la nuit et me fit un accueil cordial. Jupiter se donnait beaucoup de mouvement et préparait quelques poules d'eau pour le souper tout en riant d'un rire qui lui fendait la bouche d'une oreille à l'autre. Legrand était dans une de ses *crises* d'enthousiasme, — car je ne sais comment appeler cela. — Il avait trouvé un bivalve inconnu et attrapé, avec l'aide de Jupiter, un scarabée tout à fait nouveau, selon lui, et sur lequel il me prierait de lui donner mon avis le lendemain.

— Pourquoi pas ce soir? — dis-je en me frottant les mains devant la flamme, tout en envoyant en moi-même au diable ce scarabée et toute l'espèce.

— Ah! si j'avais su que vous fussiez ici! — dit Legrand; — mais il y a si longtemps que je ne vous ai vu que je ne pouvais pas espérer votre visite pour cette nuit. Et puis, en rentrant, j'ai rencontré le lieutenant G... du fort, auquel j'ai prêté étourdiment mon scarabée. Mais restez ici jusqu'à demain, et, au lever du soleil, je l'enverrai chercher par Jupiter. Je n'ai jamais rien vu d'aussi ravissant.

— Quoi? — le lever du soleil?

— Eh non! morbleu! — le scarabée. Il est couleur d'or, de la grosseur d'une noix, avec deux taches noires à une extrémité du dos, et une troisième un peu plus allongée à l'autre. Les antennes sont...

— Il n'y a pas d'étain sur lui (1), Massa Will, je vous l'affirme, — interrompit Jupiter; — le sca-

---

(1) *Dey aint no tin in him*, jeu de mots intraduisible. C'est la prononciation du mot *antennes* qui fait croire au nègre qu'il est question d'étain.

rabée est en or massif des pieds à la tête, dedans et dehors, excepté les ailes. Je n'ai jamais vu de scarabée si lourd.

— C'est bien, j'admets que vous ayez raison, Jup, — fit Legrand avec vivacité, — mais ce n'est pas une raison pour laisser brûler les poules. La couleur de l'insecte, — et il se tourna vers moi, — peut seule expliquer l'idée de Jupiter. Ses élytres ont un éclat métallique des plus brillants; vous ne pourrez cependant en juger que demain matin. Je veux pourtant essayer de vous donner une idée de sa forme.

Il s'était assis, en parlant, devant une petite table sur laquelle se trouvaient une plume et de l'encre, mais pas de papier. Il ouvrit le tiroir et n'en trouva pas.

— Peu importe, — dit-il à la fin, — cela suffira.

Et il tira de la poche de son gilet quelque chose que je pris pour un morceau de vélin fort sale, sur lequel il fit un croquis à la plume. Quant à moi, j'étais toujours resté près du feu. Le dessin fini, il me le passa sans quitter sa place. Comme je le recevais, un grognement se fit entendre à la porte suivi d'un grattement. Jupiter ouvrit, et un énorme terre-neuve, appartenant à Legrand, se précipita dans la chambre, l'animal, que j'avais l'habitude de flatter, me sauta sur les épaules et m'accabla de caresses. Quand il eut fini, je regardai le papier et fus assez intrigué du dessin de mon ami.

— Oui ! —dis je après avoir regardé quelque temps, — voilà le plus étrange scarabée que j'aie jamais vu, et je ne puis mieux le comparer qu'à un crâne ou à une tête de mort.

— Une tête de mort ! — fit Legrand. — Ah oui ! je comprends, il y a un peu cela dans mon dessin. Les deux taches supérieures figurent les yeux, et celle qui est au-dessous un peu plus allongée représente la bouche. D'ailleurs la forme ovale...

— C'est bien cela. — Cependant, Legrand, je crains que vous ne soyez pas très bon dessinateur, aussi attendrai-je pour me prononcer d'avoir vu l'insecte.

— Fort bien ! — me dit-il un peu piqué, — je dessine assez bien, ou du moins je le devrais, car j'ai eu d'excellents maîtres et ne suis pas tout à fait un sot.

— Mais alors, mon cher camarade, — dis-je, — vous plaisantez, car ceci est un crâne véritable d'après toutes les notions que j'ai sur cette partie de l'ostéologie. Quoiqu'il en soit, c'est bien le scarabée le plus étrange qu'on puisse voir. Vous l'appellerez sans doute *scarabœus caput hominis* ou quelque chose d'approchant, car il y a beaucoup de noms semblables en histoire naturelle. Mais vous me parliez des antennes, je ne les vois pas.

— Les antennes ! — dit Legrand, qui s'échauffait sensiblement, — je suis certain que vous les voyez.

Je les ai faites aussi distinctes que celles de l'original, et je pense que c'est suffisant.

— Soit ! — dis-je, — supposons que vous les ayez faites ; mais je ne les vois pas.

Sans dire un mot de plus , je lui tendis le papier pour ne pas l'exciter davantage ; j'étais contrarié de la tournure que la chose avait prise, je ne comprenais pas la mauvaise humeur de Legrand , mais il n'y avait vraiment pas d'antennes visibles, et son dessin ressemblait comme deux gouttes d'eau à une tête de mort.

Il prit le papier d'un air maussade et se préparait à le froisser pour le jeter au feu, quand ses yeux tombèrent sur le dessin, sa figure devint d'abord d'un rouge intense, puis très pâle. Il examina le papier minutieusement sans bouger. A la fin il se leva , prit une chandelle et alla s'asseoir à l'autre extrémité de la chambre sur un coffre où il continua à examiner le papier en le retournant dans tous les sens. Je me gardai bien d'interrompre son observation , quoique sa conduite me semblât étrange. Il ne dit rien cependant, mais tirant de sa poche un portefeuille, il y plaça le papier, et mit le tout dans un tiroir qu'il ferma à clef ; puis il revint s'asseoir près du feu. Son premier enthousiasme avait disparu. Il avait l'air concentré, et pendant le reste de la soirée aucune de mes réflexions et de mes saillies ne put l'arracher à sa rêverie. J'avais d'abord eu l'intention de passer la nuit dans la cabane, comme cela m'était arrivé mainte et mainte fois; mais voyant l'humeur de mon hôte, je jugeai plus convenable de ne pas rester. Il ne fit aucun effort pour me retenir, et en me quittant, il me serra la main avec plus de cordialité que de coutume.

Un mois après cette aventure, — et, pendant ce temps, je n'avais eu aucune nouvelle de Legrand, — je vis arriver Jupiter chez moi. Le nègre avait l'air tellement consterné que je crus qu'un malheur était arrivé à mon ami.

— Eh bien! Jup, — lui dis-je, — quoi de nouveau? Comment va ton maître.

— Ah! Massa, il ne va pas aussi bien qu'il devrait.

— Comment? il est malade! de quoi se plaint-il?

— Il ne se plaint de rien, Massa; cependant il est bien malade.

— Bien malade! que ne le disais-tu plus tôt! il est au lit?

— Non, non, il n'est pas au lit. Il n'est bien nulle part, et c'est même cela qui m'inquiète pour Massa Will.

— Jupiter, malgré toute ma bonne volonté, je ne puis pas te comprendre. Tu dis que ton maître est malade! t'a-t-il dit de quoi il souffre?

— Oh! Massa, il est inutile de chercher. Massa Will dit qu'il n'a rien du tout. Mais pourquoi alors s'en va-t-il par ci, par là, sur les chemins, tout pensif, la tête basse et les épaules voûtées, et pourquoi fait-il toujours, toujours des chiffres?

— Que fait-il, Jupiter?

— Il fait des chiffres et des signes sur une ardoise, je n'ai jamais vu de signes aussi bizarres, et je commence à avoir peur. J'ai toujours les yeux sur lui. L'autre jour il s'est sauvé au lever du soleil et je n'ai jamais pu savoir où il était allé. J'avais coupé un gros bâton pour lui administrer une bonne correction à son retour, mais je n'en ai pas eu le courage. — Je suis si bête, et il a l'air si malheureux!

— Et tu as bien fait, Jup, mon garçon. Il ne faut pas lui donner le fouet, il ne pourrait probablement pas le supporter. Mais qui a pu, à ton avis, occasionner en lui ce changement de conduite? Lui est-il arrivé quelque chose depuis que je ne vous ai vus?

— Non, Massa, il ne lui est rien arrivé *depuis*, mais *avant*; je crois que c'est le jour où vous étiez là-bas.

— Comment? que veux-tu dire?

— Je veux parler du scarabée, Massa, et voilà tout.

— Du quoi?

— Du scarabée; je suis sûr que ce maudit scarabée d'or aura mordu Massa Will à la tête.

— Et qui te fait croire cela, Jupiter?

— Ah! Massa, il a des pinces et une bouche assez grande pour cela! Ce scarabée est endiablé; — jamais je n'en ai vu de pareil; — il mord tout ce qui l'approche. Massa Will l'avait d'abord attrapé, mais il l'a vite lâché, je vous l'assure; — c'est alors qu'il a été mordu sans doute. La mine de ce scarabée et sa bouche ne me plaisaient pas trop, aussi je n'ai pas voulu le saisir avec mes doigts. Je pris un petit morceau de papier, j'empoignai le scarabée, et je le pliai dedans avec un petit morceau de papier dans la bouche; — voilà ce que je fis, moi.

— Et tu crois que ton maître a été mordu, et que cette morsure l'a rendu malade.

— Oh! je ne pense pas, — je le sais, moi. Pourquoi rêverait-il d'or s'il n'avait pas été mordu par ce maudit scarabée d'or. J'en ai entendu parler de ces scarabées d'or.

— Mais comment le sais-tu qu'il rêve d'or?

— Comment je le sais? mais parce qu'il en parle même en dormant.

— Après tout, Jupiter, tu as peut-être bien raison. Mais qui me vaut l'honneur de ta visite.

— Que voulez-vous dire, Massa?

— M'apportes-tu un message de M. Legrand?

— Non, Massa, je n'ai qu'une lettre pour vous.

Jupiter me tendit un papier où je lus:

« Mon cher,

» Il y a bien longtemps que je ne vous ai vu. J'espère que vous ne vous êtes pas formalisé d'une petite brusquerie de ma part ; mais non, cela ne se peut.

» J'ai eu, depuis vous, un grand sujet d'inquiétude. J'ai quelque chose à vous dire, mais je ne sais comment m'y prendre. Je ne sais même pas si je vous le dirai.

» Depuis quelques jours je n'ai pas été bien . et les attentions de Jupiter me sont insupportables. Vous le croirez si vous le voulez, mais l'autre jour il avait coupé un bâton dans l'intention de m'administrer une correction pour lui avoir échappé et passé ma journée sur les collines du continent. Ma mauvaise mine m'a évité, je crois, une bonne bastonnade.

» Je n'ai pas augmenté mes collections depuis vous.

» Si vous le pouvez, suivez Jupiter. *Venez, venez,* je désire vous voir ce soir. J'ai à vous communiquer une affaire de *la plus haute importance.*

» Tout à vous,

« WILLIAM LEGRAND. »

Le ton de cette lettre m'inquiéta fort. Ce n'était pas le style habituel de mon ami. Je me deman-

dais avec anxiété quelle nouvelle idée s'était emparée
de sa trop irritable cervelle, quelle était cette affaire
d'une *si haute importance*. Ce que m'avait dit Jupiter ne laissait pas que de m'effrayer; je craignais
que la longue série de malheurs qu'il avait éprouvés
n'eût singulièrement dérangé sa raison. Je me préparai donc sans hésitation à suivre le nègre.

En arrivant sur le quai, j'aperçus au fond du bateau sur lequel nous allions nous embarquer une
faux et trois bêches toutes neuves.

— Pourquoi faire tout cet attirail, dis-je à Jupiter?

— Ça, Massa, c'est une faux et des bêches.

— Parbleu, je le vois bien; mais pourquoi est-ce
faire?

— Massa Will m'a dit d'acheter à la ville une faux
et trois bêches. Je les ai payées bien cher, allez,
Massa; cela nous coûte un argent fou.

— Mais enfin que veut-il en faire ton Massa Will
de cette faux et de ces bêches.

— Je ne sais pas, et lui-même, Massa, ne le
sait pas, j'en suis persuadé. Tout cela, voyez-vous,
c'est le scarabée.

Voyant que je ne ne pourrais rien tirer de Jupiter entièrement absorbé par son scarabée, je des-
cendis dans le bateau et déployai la voile. Une forte
brise nous fit aborder bientôt dans une petite baie
au nord du fort Moultrie, et après une promenade de
deux milles, nous arrivâmes à la cabane. Legrand
nous attendait et me serra la main avec un empresse-

ment nerveux qui donna plus de force à mes soupçons. Il était pâle comme un mort, et ses yeux
enfoncés dans leur orbite, brillaient d'un éclat extraordinaire. Je lui fis quelques questions sur sa
santé, et faute de mieux, je lui demandai si le lieutenant G... lui avait enfin rendu son scarabée.

— Oh oui ! — dit-il en rougissant, — je le lui
ai repris dès le lendemain, et je ne voudrais pour
rien au monde m'en séparer. Savez-vous que je
suis maintenant de l'avis de Jupiter.

— Quel avis? — demandai-je avec un triste pressentiment.

— C'est que le scarabée est d'or.

Le sérieux avec lequel il dit cela me fit mal au
cœur.

— Ce scarabée, — continua-t-il avec un sourire de triomphe, — est destiné à ma fortune, à me
remettre en possession des biens de ma famille. Et
vous vous étonnez que je le tienne en si haut prix !
La Providence me l'a donné, il faut que j'en use,
et par son moyen j'arriverai à découvrir l'or dont
il est l'indice. Jupiter, apporte-le moi.

— Quoi? Massa, le scarabée? Non, non, je ne
veux rien avoir à démêler avec lui. Prenez-le
vous même si vous y tenez, mais je n'y tou-
cherai pas.

Legrand se leva d'un air grave et imposant et
alla prendre le scarabée sous un globe de verre.
C'est le scarabée le plus curieux que j'aie jamais

vu. Je n'en avais jamais rencontré de pareil, et aux yeux d'un naturaliste c'était une trouvaille d'un grand prix. Ses élytres étaient d'une dureté excessive et avaient l'éclat de l'or bruni. A une extrémité de son dos étaient deux taches noires ; au-dessous on en voyait une plus allongée. Le poids de l'insecte était considérable, et je comprenais fort bien, d'après ce que je voyais, que Jupiter le crût en or. Mais que Legrand, une homme instruit, eût là-dessus la même idée que le nègre, je ne pouvais y croire, et, ma vie eût-elle été en question, je n'aurais pas trouvé le mot de l'énigme.

— Je vous ai envoyé chercher, — dit-il d'un ton pompeux quand j'eus achevé de regarder l'insecte, — pour vous demander conseil et assistance dans l'accomplissement des vues de la Providence et du scarabée...

— Mon cher Legrand, m'écriai-je en l'interrompant, — vous n'êtes certainement pas bien. Laissez de côté l'accomplissement des vues de la Providence et du scarabée, et mettez-vous au lit. Je resterai quelques jours avec vous, jusqu'à ce que vous soyez guéri. Allons, soyez raisonnable et couchez vous. Vous avez la fièvre, et...

— Tâtez mon pouls, — me dit-il.

Je le tâtai et trouvai qu'il n'avait pas la moindre fièvre.

— Mais vous pourriez être malade sans avoir la fièvre. Je vais remplir auprès de vous les fonctions de médecin. Allons, couchez-vous. Ensuite...

— Je vous assure, — me dit-il, que vous vous trompez. Je suis seulement très excité, mais je me porte aussi bien que possible dans l'état où je suis. Si vous voulez me voir tout à fait bien, vous calmerez cette excitation.

— Et comment?

— C'est bien simple, Jupiter et moi allons faire une expédition sur le continent. Il nous faut encore un homme sur lequel je puisse compter. Je vous ai choisi. Venez avec nous, et quel que soit le résultat de notre entreprise, je serai beaucoup plus calme.

— Je veux bien vous être utile, mais prétendez-vous que votre scarabée ait quelque rapport avec l'expédition sur le continent?

— Oui certes.

— Alors, mon cher ami, je ne veux pas me mêler à une entreprise aussi complètement absurde.

— J'en suis fâché, — très fâché — car il faudra faire cela à nous seuls.

— A vous seuls! ah! le malheureux, il est fou! Voyons combien de temps durera-t-elle, votre expédition?

— Probablement toute la nuit, mais en tout cas, nous serons de retour ici au lever du soleil.

— Mais vous me promettez qu'une fois l'affaire faite, vous rentrerez ici et suivrez toutes mes prescriptions?

— Je vous le promets, mais partons vite car nous n'avons pas de temps à perdre.

A quatre heures nous partîmes, Legrand, Jupiter,
le chien et moi. Jupiter s'était chargé de la faux et
des bêches, mais il les avait prises moins par excès
de zèle que pour ne pas les laisser aux mains de
son maître. Il était d'ailleurs d'une humeur de
dogue, et ces mots : *Damné scarabée !* furent les
seuls qu'il prononça durant tout le voyage. Je portais
deux lanternes sourdes, et Legrand son scarabée
seulement. Il l'avait attaché au bout d'une ficelle
qu'il faisait tourner autour de lui et marchait en
prenant des airs de magicien. Je pouvais à peine
retenir mes larmes à la vue de ce premier
symptôme de la démence de mon ami. Je me décidai
à suivre ses fantaisies jusqu'au moment où je pourrais employer avec succès des moyens énergiques.
En attendant j'essayai de le faire parler sur le but
de notre expédition, mais il m'avait décidé à le
suivre, ce qui était pour lui l'important, et ne
paraissait nullement disposé à causer, car à toutes
mes questions, il répondait invariablement : nous
verrons bien !

Nous traversâmes en esquif la crique au nord
de l'île et abordâmes sur le continent. De là, grim-
pant sur les rochers, nous nous dirigeâmes sur le
nord-ouest à travers un pays sauvage et aride où
probablement jamais le pied de l'homme ne s'était
posé. Legrand nous montrait le chemin en homme à
qui il était familier, et ne s'arrêtait que de temps
en temps pour consulter des indications qu'il

avait lui-même placées sans doute à un précédent voyage.

Après deux heures de marche, nous entrâmes dans une région beaucoup plus aride et sinistre que tout ce que nous avions rencontré jusqu'alors. C'était un plateau près du sommet d'une montagne affreusement escarpée et que des bois sombres couvraient entièrement. D'énormes blocs de rochers apparaissaient comme de grandes taches blanchâtres entre les arbres, et, sans le secours des troncs qui les retenaient, rouleraient dans les vallées inférieures. De grosses racines rayonnaient dans tous les sens et donnaient à l'endroit un aspect encore plus sauvage.

La plate-forme sur laquelle nous nous trouvions était tellement encombrée de ronces que nous vîmes bien que sans la faux il nous serait impossible d'avancer. Sur l'ordre de Legrand, Jupiter se mit à faucher les broussailles pour nous permettre d'arriver à un tulipier gigantesque qui se dressait au milieu de cinq ou six .chênes. Cet arbre est un des plus beaux que j'ai vus tant par la beauté de sa forme et de son feuillage que par le développement de ses rameaux. Arrivés au pied de l'arbre, Legrand demanda à Jupiter s'il était capable d'y grimper. Le nègre, surpris de la question, ne répondit rien d'abord, mais après avoir minutieusement examiné le tronc, il dit :

— Oui, Massa, Jupiter n'a pas encore trouvé d'arbres où il ne puisse grimper.

— Alors monte; et lestement. Bientôt il fera trop nuit pour voir ce que nous faisons.

— Jusqu'où faut-il monter, Massa.

— Grimpe d'abord sur le tronc, puis je te dirai quel chemin tu dois suivre. — Ah! attends! — prends le scarabée avec toi!

— Le scarabée, Massa Will! — le scarabée d'or! — s'écria le nègre reculant de frayeur; — que je sois damné si je le porte avec moi sur l'arbre.

— Eh bien! Jup, si un grand nègre comme vous, et fort comme vous, avez peur de ce petit insecte qui est mort, vous pouvez l'emporter au bout de cette ficelle. Mais prenez-le comme vous voudrez, sans quoi je seraï obligé de vous casser la tête avec cette bêche.

— Mon Dieu! Massa, ne vous fâchez pas, répliqua le nègre que la honte rendait complaisant; pourquoi me quereller? Je plaisantais! croyez vous que j'aie peur du scarabée? Voyez donc si j'en ai peur.

Et il prit avec une extrême précaution le bout de la ficelle où pendait le scarabée et commença son ascension en éloignant le plus possible l'insecte de sa personne.

Quand il est jeune, le tulipier, — *Liriodendron tulipiferum*, un des plus beaux arbres des forêts américaines, — a un tronc excessivement lisse qui s'élève à une hauteur prodigieuse, sans pousser de branches latérales; plus tard l'écorce devient rugueuse et de petites branches se montrent le long du tronc. Aussi l'escalade était-elle plus difficile en apparence qu'en réalité. Jupiter empoignant l'énorme tronc de ses bras et de ses genoux, s'accrochant à de jeunes pousses, mettant ses pieds nus sur d'autres arriva enfin à la première branche, après avoir manqué plusieurs fois de se rompre le cou. Le plus difficile était fait, bien que le nègre se trouvât à plus de soixante-dix pieds du sol.

— Où faut-il aller maintenant, Massa Will? — demanda-t-il.

— Suis la plus grosse branche, — dit Legrand, — celle de ce côté.

— Le nègre obéit promptement et sans trop de peines, paraît-il, car un moment après nous le vîmes disparaître dans l'épais feuillage de l'arbre. Alors il cria :

— Jusqu'où faut-il monter?

— A quelle hauteur es-tu?

— Si haut, si haut, que je vois le ciel à travers les feuilles.

— Ne regarde pas le ciel, mais bien le tronc, et dis nous combien tu as passé de grosses branches de ce côté.

— Une, deux, trois, quatre, cinq; — j'ai passé cinq grosses branches de ce côté-ci.

— Alors, monte encore d'une branche.

Au bout de quelque instants, la voix de Jupiter nous annonça qu'il avait atteint la septième branche.

— Très bien, fit Legrand, dont l'agitation était extrême. Tache d'aller jusqu'au bout de la branche, et si tu vois quelque chose d'extraordinaire, tu me le diras.

Jusqu'alors, j'avais des doutes sur l'état de démence de mon ami, mais ses paroles et ses actions les dissipèrent complétement. Il était totalement fou, et je cherchai un moyen de le ramener chez lui. Pendant que je réfléchissais, la voix de Jupiter se fit entendre.

— J'ai bien peur de ne pouvoir aller plus loin sur la branche, Massa, — elle est morte jusqu'au bout.

— Tu dis que c'est une branche morte, Jupiter? — dit Legrand dont la voix tremblait d'émotion.

— Oui, Massa, morte comme un clou de porte; — oh oui! elle est bien morte.

— Que faire? — s'écria Legrand, au comble du désespoir.

— Que faire? dis-je; — mais, mon ami, c'est bien simple. Il faut retourner au logis. Je me suis prêté à votre fantaisie, mais vous m'avez promis de m'écouter. Vous le voyez, votre expédition est manquée. Allons, venez, venez! — Soyez gentil, Legrand. Souvenez-vous de votre promesse.

— Jupiter, — cria-t-il sans m'écouter, m'entends-tu.

— Oui, Massa, je vous entends?

— Entame le bois avec ton couteau. Est-il bien pourri?

— Oui, Massa, il est pourri, mais pas autant que je le croyais. Je pourrais aller un peu plus loin sur la branche, mais seul.

— Comment seul! — que veux-tu dire?

— Je parle du scarabée, Massa. — Il est bien lourd, le scarabée. Si je le lâchais, la branche pourrait bien porter mon poids.

— Coquin, — s'écria Legrand un peu soulagé, — prends-y garde. Si tu le lâche, je te tords le cou; tu m'entends.

— C'est bon, Massa, ce n'est pas la peine de rudoyer un pauvre nègre.

— Ecoute-moi! — Si tu vas, sans lâcher le scarabée, sur la branche aussi loin que tu pourras, je te donnerai un dollar en argent.

— J'y vais, Massa Will, j'y vais, — répliqua vivement le nègre, — je suis presque au bout.

— Tu es au bout? — dit Legrand radouci.

— Oui, Massa, j'y suis; — c'est-à-dire j'y suis presque. — Oh! oh! Seigneur Dieu! qu'y a-t-il dans l'arbre?

— Qu'y a-t-il? — fit Legrand au comble de la joie.

— Il y a, Massa, une tête de mort, mais les corbeaux ont mangé toute la viande.

— C'est bon! — Comment est-il attaché à la branche, ce crâne? qui le retient?

— Oh! il tient bien. — Ma parole, c'est une drôle de chose. — Ah! Massa, c'est un clou qui le retient.

— Bien. — Maintenant, attention, Jupiter, fais bien ce que je dirai. Tu m'entends?

— Oui, Massa.

— Il faut trouver l'œil gauche du crâne.

— Oh! c'est drôle! — il n'y en a pas du tout, d'œil gauche!

— Mon Dieu! qu'il est stupide! — Sais-tu distinguer ta main droite de ma main gauche?

— Oui, massa. La main gauche est celle avec laquelle je fends le bois.

— Sans doute puisque tu es gaucher. Pourras-tu trouver maintenant l'œil gauche du crâne, ou la place où il était? — Eh bien?

Il y eut une pause, puis Jupiter demanda.

— Massa, l'œil gauche du crâne est du même côté que la main gauche du crâne? — Mais le crâne n'a pas de mains du tout! — C'est égal! j'ai trouvé l'œil gauche. Que faut il faire?

— Laisse filer le scarabée par l'œil gauche, mais prends garde de lâcher le bout de la ficelle.

— C'est fait, Massa Will; ce n'est pas difficile de le faire passer par le trou ; voyez-le descendre.

Pendant tout ce dialogue, Jupiter était invisible, mais nous vîmes descendre le scarabée comme une boule d'or sur laquelle tombaient les derniers rayons du soleil couchant. L'insecte apparaissait maintenant hors du feuillage, et si Jupiter avait lâché la ficelle, il serait tombé à nos pieds. Legrand prit la faux et coupa les broussailles en décrivant un cercle de trois ou quatre yards autour de l'insecte, puis ordonna à Jupiter de lâcher la ficelle, et de descendre.

Avec beaucoup de soin, mon ami enfonça un piquet à l'endroit où était tombé le scarabée, puis tirant de sa poche, un ruban à mesurer, il en attacha une extrémité au point de l'arbre le plus rapproché du piquet et le déroula en formant une ligne droite déterminée par les deux points, — le tronc et le piquet, — jusqu'à une distance de cinquante pieds, tandis que Jupiter nettoyait le terrain avec la faux. Au point indiqué, Legrand enfonça une cheville autour de laquelle il décrivit grossièrement un cercle de quatre pieds de diamètre. Il prit un bêche, en donna une à Jupiter, une autre à moi, et nous pria de bêcher vivement.

A vrai dire, cet exercice n'avait jamais été fort de mon goût, et je l'appréciais en ce moment moins encore : j'étais fatigué de l'exercice que j'avais pris, et la nuit s'avançait. Cependant je ne voulus pas troubler la sérénité de Legrand et je me mis à l'œuvre. Si j'avais pu compter sur l'aide de Jupiter, j'aurais essayé de le ramener de force chez lui, mais je connaissais trop le nègre pour savoir qu'il ne me donnerait aucun secours, et je n'étais pas de force à venir à moi seul à bout de Legrand. Tout en travaillant je songeais qu'il avait le cerveau infecté d'une de ces innombrables croyances des gens du Sud relatives aux trésors enfouis; et je ne doutais pas que la trouvaille du scarabée, et l'obstination de Jupiter à le croire en or, eussent achevé de confirmer cette imagination. Un esprit porté à la folie peut bien se laisser entraîner par de pareilles suggestions, surtout quand elles s'accordent avec ses idées personnelles; puis je me rappelai le discours de Legrand sur le scarabée, *indice de sa fortune !* Enfin, je fis contre fortune bon cœur, et je bêchai avec plus d'ardeur pour convaincre par une preuve oculaire mon pauvre ami de l'inanité de ses rêves.

La nuit était tout-à-fait venue. Nous allumâmes les lanternes et reprîmes notre travail avec plus d'ardeur. La lumière tombait sur nous et nos outils ; nous formions un tableau bien pittoresque et un étranger qui serait arrivé au milieu de nous nous aurait crûs occupés à une besogne étrange et suspecte.

Nous travaillions pendant deux heures sans parler. Le chien prit un tel intérêt à notre travail qu'il se mit à aboyer furieusement. A la fin, il devint tellement turbulent que nous craignîmes qu'il ne donnât l'éveil à quelque rôdeur du voisinage. C'était la préoccupation de Legrand, car j'aurais béni toute interruption qui m'eût permis de le ramener à la maison. Pour faire taire le chien, Jupiter s'élança hors du trou et le musela avec une de ses bretelles, puis il revint prendre son travail avec un sourire de triomphe.

Au bout de deux heures, nous avions creusé un trou profond de cinq pieds, et aucune trace de trésor n'apparaissait. Nous nous arrêtâmes pour nous reposer un peu. Legrand avait l'air déconcerté, mais tout espoir ne semblait pas l'avoir abandonné. Après s'être essuyé le front, il reprit sa bêche, et nous l'imitâmes. Nous creusâmes encore deux pieds. Rien n'apparut. Legrand sauta hors du trou, en donnant les signes d'un violent désespoir, et reprit, sans rien dire, son habit qu'il avait ôté pour travailler. Quant à moi, je ne disais rien. Sur un signal de son maître, Jupiter ramassa nos outils, démusela le chien, et nous partîmes en silence.

Nous avions à peine fait une dizaine de pas que Legrand poussa un juron énergique et sauta au collet de Jupiter. Le malheureux nègre, effrayé, ouvrit démesurément la bouche et les yeux, lâcha les outils et tomba à genoux.

— Infernal gredin ! — criait Legrand en faisant siffler les syllabes, — coquin de noir ! où est-il ton œil gauche ? — Réponds donc, scélérat ! où est-il ?

— Grâce massa, grâce, le voici, — s'écriait Jupiter en portant la main sur l'œil *droit* et l'y maintenant comme s'il craignait qu'on ne le lui arrachât.

— Je le savais bien ! — J'en étais sûr ! — hourrah ! hourrah ! vociféra Legrand en lâchant Jupiter et exécutant les gambades les plus extravagantes. Le nègre étonné se releva et porta ses regards de son maître à moi comme pour me demander le mot de l'énigme.

— Allons, retournons, — dit Legrand ; — rien n'est perdu.

Et il courut vers le tulipier.

— Jupiter, viens ici ! — cria-t-il du pied de l'arbre. — La face du crâne est-elle tournée en dehors ou contre la branche ?

— En dehors, massa, de sorte que les corbeaux en ont facilement mangé les yeux.

— Alors, par quel œil as-tu laissé tomber le scarabée ? par celui-ci ou par celui-là ?

Et Legrand lui touchait alternativement les deux yeux.

— Par cet œil-ci, massa, — par le gauche, — comme vous me l'aviez dit.

Et le nègre indiquait encore l'œil droit.

Alors, mon ami, dans la folie duquel je voyais des indices de méthode, reporta la cheville qui marquait l'endroit où le scarabée était tombé, à trois pouces vers l'ouest de sa première position. Il étendit ensuite son cordon, comme il l'avait fait, du point le plus rapproché de l'arbre à la cheville, et compta une distance de cinquante pieds : Il marqua un nouveau point distant de plusieurs yards de celui où nous avions creusé auparavant.

Autour de ce nouveau centre, il traça un cercle un peu plus grand que le précédent et nous nous mîmes à bêcher de nouveau. J'étais horriblement fatigué; mais sans me bien rendre compte de ce changement, ce travail me causait beaucoup moins d'aversion. Je m'y intéressais sans savoir pourquoi, et plusieurs fois je me surpris cherchant des yeux ce trésor que Legrand attendait avec tant d'impatience. Nous travaillions depuis une heure et demie quand le chien se mit à aboyer avec fureur. Son inquiétude ne provenait pas d'une gaieté folle, mais prenait un ton plus caractérisé. Jupiter essaya de le museler, mais l'animal lui échappa et sauta dans le trou où il se mit à gratter frénétiquement. En quelques instants il découvrit une masse d'ossements humains formant deux squelettes complets ainsi que quelques boutons de métal mélangés avec une matière que nous prîmes pour de la laine pourrie. Deux ou trois coups de bêche firent sauter un grand couteau espagnol, et en creusant encore, nous éparpillâmes quelques pièces de monnaies d'or et d'argent.

A cette vue, Jupiter ne put contenir sa joie. Legrand, au contraire, paraissait désespéré. Il nous pria de continuer un peu. Bientôt je trébuchai ; la pointe de ma botte s'était engagée dans un anneau de fer enseveli sous un tas de terre fraîche, et je tombai en avant.

Nous reprîmes notre travail avec une ardeur nouvelle. Je n'ai jamais passé dix minutes dans un pareil état d'exaltation. Pendant ce temps, nous déterrâmes entièrement un coffre de bois qui, à en juger par sa dureté, avait été soumis à un procédé de minéralisation ; — il est probable qu'on avait employé le bichlorure de mercure. Ce coffre avait trois pieds et demi de long, trois de large et deux et demi de profondeur. Des lames de fer forgé, rivées entre elles, l'entouraient d'une espèce de treillage. De chaque côté du coffre se trouvaient six anneaux de fer, — trois de chaque côté, — qui permettaient à six personnes de le porter. Malgré tous nos efforts, nous pûmes à peine le déranger de sa place. Il était donc impossible de l'emporter. Le couvercle était mal assujetti par deux verrous que nous fîmes glisser, tremblants d'émotion. Un trésor d'une valeur incalculable apparut à nos yeux, et les rayons de nos lanternes, tombant sur cet amas d'or et de bijoux, en faisaient jaillir des éclairs qui nous éblouissaient.

Je ne pourrais décrire les sentiments que j'éprouvais à la vue de cette trouvaille, mais j'étais surtout stupéfait. Legrand, que son anxiété avait épuisé, ne prononça que quelques paroles. Jupiter, quant à lui, se précipita à genoux, en poussant des exclamations de joie et de surprise, et plongea jusqu'au coude, ses bras nus dans l'or avec une véritable volupté. Enfin il s'écria, comme se parlant à lui-même :

— Le scarabée d'or ! — c'est le joli scarabée d'or qui nous a donné tout cela ! — Et toi qui le calomniais, imbécile de Jupiter ! — qu'as-tu à répondre ; hein ?

Je réveillai cependant le maître et le valet en leur faisant comprendre qu'il fallait se hâter pour emporter tout cela avant le jour, car la nuit s'avançait. Nous ne savions quel parti prendre ; les idées nous arrivaient en foule et ne pouvions nous arrêter à aucune. Enfin nous enlevâmes du coffre les deux tiers de son contenu, ce qui nous permit de le sortir hors de la fosse, mais non sans peine. Les objets enlevés furent cachés dans les broussailles et confiés à la garde du chien, auquel Jupiter enjoignit de ne s'en éloigner sous aucun prétexte et de ne pas aboyer. Ensuite nous prîmes le coffre, et le transportâmes à la hutte. Il était une heure quand nous y arrivâmes, harrassés de fatigue. Dans l'état d'épuisement où nous nous trouvions, il était impossible de recommencer immédiatement notre ouvrage. Nous nous reposâmes jusqu'à deux heures, puis nous soupâmes. Ensuite nous partîmes munis de trois grands sacs de toile qui étaient heureusement dans la cabane. Il était à peu près quatre heures quand nous arrivâmes à la fosse, nous nous partageâmes les objets gardés par le chien, et partîmes sans même recombler le trou. L'aube commençait à blanchir l'orient quand nous rentrâmes à la hutte.

Nous étions absolument rompus, mais telle était notre excitation que nous ne pûmes nous endormir. Après quatre heures de repos, nous nous levâmes, comme de concert pour examiner nos richesses.

Le coffre avait été rempli jusqu'au bord, et nous passâmes la journée et une partie de la nuit à faire l'inventaire du contenu. Il n'y avait aucun ordre, tout était pêle-mêle. Après avoir fait le classement des objets, nous nous trouvâmes en possession d'une fortune qui dépassait nos espérances : Nous avions en espèces plus de 450,000 dollars, en estimant les pièces le plus exactement possible au moyen des tables de l'époque. Pas une parcelle d'argent, tout était en or : monnaies françaises, espagnoles, portugaises, guinées anglaises, pièces de provenance inconnue, tant les inscriptions étaient usées. Il n'y avait pas de monnaie américaine. Quant aux bijoux, l'estimation en fut plus difficile. Il y avait cent dix diamants, dont quelques-uns très gros, mais pas un petit; dix-huit rubis d'un éclat remarquable; trois cent dix émeraudes très belles; vingt-un saphirs et une opale. Toutes ces pierres étaient pêle-mêle et arrachées de leur monture. Nous fîmes de ces dernières une catégorie distincte de l'or : elles avaient été martelées pour les rendre méconnaissables. Beaucoup étaient en or massif. Il y avait deux cents bagues ou boucles d'oreilles ; trente chaînes très belles ; quatre-vingt-dix crucifix d'une grandeur et d'un poids remarquables ; cinq encensoirs ; un énorme bol à punch en or, orné de feuilles de vigne et de figures de bacchantes ; deux poignées d'épée d'un travail exquis et une infinité de petits objets que je ne me rappelle plus. Le poids de ces pièces dépassait 350 livres. Il y avait encore cent quatre-vingt-dix-sept montres d'or, dont trois valaient au moins 500 dollars chacune. Elles étaient anciennes, et l'action corrosive de la terre avait détruit complétement les ressorts, mais les boîtiers restaient ornés de pierres précieuses. Nous évaluâmes le contenu du coffre à un million et demi de dollars ; mais, plus tard, quand nous vendîmes les pierres précieuses, nous vîmes que notre estimation était de beaucoup inférieure au prix que nous retirâmes de cette vente.

Lorsque notre inventaire fut terminé, et que notre surexcitation commença à s'apaiser, Legrand, qui voyait combien était grande mon impatience de connaître le mot de l'énigme, me donna toutes les explications que je pouvais désirer au sujet de cette affaire.

— Vous vous rappelez, dit-il, le soir où je montrai une grossière esquisse que j'avais faite du scarabée. Votre insistance à soutenir que mon dessin ressemblait à une tête de mort me choqua au premier abord, vous devez vous en souvenir. Puis, me rappelant la figure du scarabée, je reconnus que votre remarque n'était pas sans fondement. Mais lorsque vous mîtes en doute mes facultés graphiques, moi qu'on regarde comme un artiste passable, je fus profondément irrité et je froissai le parchemin que vous m'aviez rendu pour le jeter au feu.

— Vous voulez parler du morceau de *papier*, fis-je.

— Non; l'apparence était celle du papier, et moi-même je le crus d'abord, mais en dessinant, je vis bien que c'était un morceau très mince de parchemin. Il était fort sale, vous vous le rappelez. J'allai le chiffonner quand mes yeux s'arrêtèrent sur le dessin que vous aviez regardé, et grand fut mon étonnement de trouver une tête de mort là où j'avais dessiné un scarabée. Pendant un instant, je me sentis trop étourdi pour raisonner avec justesse. Mon croquis, je le savais, différait du dessin que j'avais sous les yeux par tous les détails, bien que dans l'ensemble il y eût une certaine analogie. C'est alors que je pris une chandelle et m'assis à l'autre bout de la chambre pour examiner attentivement le parchemin. En le retournant je vis le dessin que j'avais fait. Je fus d'abord simplement surpris : il y avait de l'analogie dans les contours, et c'était une coïncidence bizarre que j'eusse fait le dessin d'un scarabée au-dessus de l'image d'un crâne, image qui m'était totalement inconnue et qui occupait l'autre côté du parchemin. Ce qui était encore plus singulier, c'était la ressemblance du crâne à mon dessin, non-seulement par le contour, mais aussi par la dimension. Cette singularité me stupéfia. C'est l'effet que produisent ordinairement ces coïncidences, car l'esprit s'efforce d'établir des rapports de cause à effet et, dans son impuissance, subit une paralysie momentanée.

Revenu de ma stupeur, je sentis luire une conviction autrement frappante que cette coïncidence. Je me rappelai qu'il n'y avait positivement aucune image sur le parchemin quand j'y dessinai mon scarabée. Je me souvins même de l'avoir tourné et retourné pour chercher l'endroit le moins sale. Si le crâne eût été visible, je l'aurais remarqué. Il y avait là certainement un mystère, mais je me sentais incapable de le deviner. Dès ce moment, il me sembla voir poindre dans les profondeurs les plus secrètes de mon entendement une faible lueur, une conception embryonnaire de la vérité. Notre expédition de l'autre nuit en a été une démonstration magnifique. Je me levai, serrai le parchemin, et remis toute réflexion jusqu'au moment où je serais seul.

Après votre départ, quand Jupiter fut endormi, je me livrai à une investigation méthodique. Mon premier souci fut de savoir comment ce parchemin était tombé en ma possession. Nous avions découvert le scarabée sur le continent, à un mille de l'île environ vers l'est, mais un peu au-dessus de la marée haute. Il me mordit quand je m'emparai de lui, et le lâchai aussitôt. Jupiter, en homme prudent, regarda autour de lui s'il n'y avait pas quelque feuille qui lui permît de prendre l'insecte sans danger. Ses yeux et les miens tombèrent sur ce parchemin qui était à moitié enfoui dans le sable, un coin en l'air. Près de là je remarquai la coque d'une grande embarcation. Ces débris de naufrage étaient sur la côte depuis longtemps, car on avait peine à reconnaître les restes d'une barque dans les morceaux de bois qui gisaient là à demi enterrés dans le sable.

Jupiter ramassa le parchemin, y plia l'insecte et me le donna; puis nous reprîmes le chemin de ma hutte. En route, nous rencontrâmes le lieutenant G... Je lui montrai le scarabée et il me demanda la permission de l'emporter jusqu'au lendemain. Il le saisit précipitamment et le mit dans sa poche, me laissant le parchemin dans lequel je le lui avais montré. G... est fou d'histoire naturelle, et eut peur sans doute que je revinsse sur mon premier consentement. Alors, sans y penser, je remis le parchemin dans ma poche.

Lorsque je voulus vous faire, à cette table, le dessin de mon scarabée, je n'y trouvai pas de papier, vous vous le rappelez. J'ouvris le tiroir, rien

encore. Alors je cherchai dans mes poches, pensant
y trouver quelque vieille lettre, et le parchemin me
tomba sous les doigts. Je vous rappelle tous ces
détails, toutes ces circonstances, car mon esprit en
a été vivement frappé.

Vous me prendrez peut-être pour un rêveur, mais
j'avais dans mon esprit établi déjà une espèce de rapport. Un bateau échoué à la côte, et non loin de là
un parchemin, — *non pas un papier*, — portant
l'image d'une tête de mort. Quel rapport, me direz-
vous, y a-t-il entre ces deux objets ? Le crâne ou la
tête de mort a toujours été l'emblème des pirates
qui, dans les batailles, hissent un pavillon à tête
de mort.

Je remarquai aussi que ma trouvaille était un parchemin et non un papier. Le parchemin est plus du-
rable que le papier. Or, quand on veut relater une
chose de minime importance, on n'emploie pas un
parchemin, car il est plus difficile d'écrire dessus
que sur du papier. Ceci me fit songer qu'il devait y
avoir quelque sens singulier dans cette tête de mort.
Un accident avait détruit un des coins du parchemin ;
on voyait cependant qu'il avait une forme oblongue.
C'était donc une de ces notes dont on se sert pour
consigner un document important qu'on veut garder
avec soin.

— Mais, interrompis-je, vous m'avez dit que le
crâne n'était pas sur le parchemin quand vous y
dessinâtes le scarabée. Comment donc établir un

rapport entre les pirates et un crâne qui a dû, d'après vous, être dessiné après votre scarabée, Dieu sait par qui?

— C'est là le mystère; et cependant je l'ai résolu sans trop de peine. Je marchais sûrement et devais arriver au résultat. Voici mon raisonnement. Quand je dessinai le scarabée, il n'y avait aucune image de crâne sur le parchemin. Je vous passai mon dessin et ne vous quittai pas des yeux pendant tout le temps que vous le tîntes. Ce n'était donc pas vous qui aviez dessiné le crâne, et pourtant il était là sous mes yeux!

Je cherchai alors à me rappeler, et me rappelai avec exactitude tous les incidents qui s'étaient produits dans l'intervalle de la question. Il faisait froid, — oh! l'heureux et rare événement! — et un bon feu flambait dans la cheminée. J'avais assez chaud et m'étais assis près de cette table; vous, vous aviez placé votre chaise tout près du foyer. Au moment où je vous passai mon dessin et où vous alliez le regarder, Wolf, mon terre-neuve, entra dans la chambre et vous sauta sur les épaules. Vous le caressiez avec la main gauche, et cherchiez à l'écarter, tandis que vous laissiez tomber négligemment votre main droite, celle qui tenait le parchemin, entre vos jambes, devant le feu. Je crus un moment que le feu allait l'atteindre; mais vous l'aviez déjà retiré avant que je vous eusse averti, et vous l'examiniez. Toutes ces circonstances ne me permirent pas de douter que la chaleur n'eût été l'agent qui avait fait apparaître sur le parchemin le crâne dont je voyais l'image. Il y a, et il y a eu de tout temps, vous le savez, des produits chimiques qui permettent de tracer des caractères visibles seulement sous l'action de la chaleur. Le safre ou oxyde bleu de cobalt digéré dans l'eau régale et étendu de quatre fois son poids d'eau, donne, à la chaleur, une teinte verte. Le régule de cobalt, dissous dans l'acide azotique, donne une teinte rouge. Lorsque la substance sur laquelle on a écrit s'est refroidie, ces couleurs disparaissent plus ou moins, mais reparaissent toujours quand on les soumet à l'action de la chaleur.

J'examinai la tête de mort avec la plus grande attention. Les contours extérieurs, c'est-à-dire ceux les plus rapprochés des bords du vélin, étaient plus accentués que les autres. Cela provenait de la façon inégale dont chaque partie avait été chauffée. J'allumai aussitôt du feu, et soumis à une chaleur brûlante chaque partie du parchemin. Le premier effet fut de renforcer les traits du crâne; mais bientôt j'aperçus, à l'extrémité diagonalement opposée de la bande, une figure que je pris d'abord pour une tête de chèvre, mais qu'un examen plus attentif me fit reconnaître pour celle d'un chevreau.

— Ah! ah! — dis-je, — je n'ai pas le droit de me moquer de vous; — un million et demi de dollars, c'est chose trop sérieuse! — mais vous ne trouverez aucun rapport entre des pirates et une chèvre.

Les pirates ne s'occupent guère des chèvres, c'est l'affaire des fermiers.

— D'abord, vous ai-je dit, l'image n'était pas celle d'une chèvre.

— C'était un chevreau, soit! une chèvre, un chevreau, c'est presque la même chose.

— Presque, mais pas tout à fait. — Vous avez peut-être entendu parler d'un certain capitaine Kidd; eh bien! je considérai la figure de cet animal comme la signature hiéroglyphique (*Kid*, chevreau) de ce capitaine. D'ailleurs la tête de mort placée au coin opposé semblait être une estampille, un sceau. Mais je fus grandement déconcerté par l'absence du reste du document.

— Vous croyiez trouver une lettre entre le sceau et la signature?

— Quelque chose d'approchant. Je sentais en moi un pressentiment irrésistible d'une immense bonne fortune, sans trop savoir pourquoi. C'était, après tout, peut-être plus un désir qu'une croyance; mais, le croiriez-vous, le dire absurde de Jupiter, affirmant que le scarabée était en or massif, a eu beaucoup d'influence sur mon imagination. Et puis quelle suite remarquable d'incidents! Il a fallu qu'ils se produisissent le seul jour où il a fait assez froid pour permettre d'allumer du feu. Sans le froid, pas de feu, et sans ce feu joint à l'intervention du chien à ce moment précis, je n'aurais jamais eu connaissance de cette tête de mort et par suite du trésor.

— Allez, allez, — je suis sur des charbons ardents.

— Vous connaissez toutes les histoires qui courent au sujet du trésor enfoui par Kidd sur les côtes de l'Atlantique. En somme tous ces bruits ne peuvent être sans aucun fondement. Ils persistent depuis trop longtemps pour que le trésor ne soit pas resté enfoui. A mon avis, si Kidd avait repris son argent, après l'avoir enfoui, toutes ces rumeurs ne seraient pas arrivées jusqu'à nous, sous une forme invariable. Remarquez qu'on parle toujours dans ces histoires de chercheurs et non d'inventeurs de trésors. Il me semble que quelque accident, comme la perte de la note indiquant l'endroit précis l'avait empêché de le retrouver. Ses compagnons, instruits par lui, ont dû faire de nombreuses et vaines recherches qui ont donné naissance à tous les bruits qui courent. Avez-vous jamais entendu parler de la découverte d'un grand trésor sur les côtes de l'Atlantique?

— Jamais.

— Il est certain que Kidd avait amassé de grandes richesses. J'étais donc certain que le trésor était encore enfoui. Je sentais en moi une espérance qui arrivait presque à la certitude : c'est que le parchemin devait indiquer l'endroit précis où avait été fait le dépôt.

— Comment donc avez-vous fait?

— Je chauffai de nouveau fortement le parchemin, mais rien ne parut. Je pensai alors que la couche de crasse qui la recouvrait était cause que je ne voyais rien. Je versai alors de l'eau chaude sur le vélin et le nettoyai avec le plus grand soin ; ensuite je plaçai sur des charbons ardents une casserole de fer-blanc, et j'y déposai la bande, le crâne en dessous. Au bout quelques instants, la casserole étant bien chauffée, je retirai le parchemin, et y vis, à ma grande joie, des signes ressemblant à des chiffres alignés, je le remis sur le feu et chauffai plus fort. Au bout d'une minute je le retirai dans l'état où vous allez le voir.

Alors Legrand chauffa le vélin et le soumit à mon examen. Entre la tête de mort et celle du chevreau apparaissaient en rouge les signes suivants, grossièrement tracés :

53!!×305))6*;4826)4!.)4!);806*;48×860))85;1!(;:!"8× 83(88)5*×;46(;88*96*?;8)*!(;485);5*×2:*!(;4956*2(5*— 4)88*;4069285);)6×8)4!!;1(!9;48081;8:8!1;48×85;4) 485×528806*81(!9;48;(88;4(!?34;48)4!;161;:188;!?;

— Mais, — dis-je en lui rendant la bande ; — je ne comprends rien, et si la possession de tous les trésors de Golconde dépendait de la solution de cette énigme, je courrais risque de ne les jamais avoir.

— Et cependant, dit Legrand, la solution est plus facile qu'on ne le croit au premier coup d'œil. Il est d'abord évident que ces signes forment un chiffre, c'est-à-dire ont un sens. Or, d'après ce que nous savons de Kidd, le pirate n'a pas dû faire un échantillon de cryptographie bien compliqué. Celui-ci était, selon moi, d'une espèce simple, mais tel qu'il parût introuvable à l'intelligence d'un grossier marin.

— Et vous l'avez vraiment résolu?

— Très aisément. J'en ai même résolu de mille fois plus compliqués. Les circonstances et une certaine tendance de mon esprit m'ont poussé à m'intéresser vivement à ces énigmes, et je ne crois pas que l'ingéniosité d'un homme puisse faire quelque chose dans ce genre dont l'ingéniosité d'un autre ne puisse venir à bout par une application suffisante. Aussi lorsque j'eus bien déterminé tous les signes, la lecture m'en parut la chose du monde la plus simple.

Dans le cas actuel, — comme pour toute écriture secrète, — il faut déterminer d'abord la *langue* du chiffre; car les principes de solution, surtout quand il s'agit de chiffres simples, dépendent du génie de chaque langue, et peuvent en être modifiés. Il faut d'abord, en se guidant sur les probabilités, essayer toutes les langues que l'on connaît, jusqu'à ce qu'on tombe sur celle qui convient. Ici la tâche était singulièrement diminuée, il n'y avait pas à hésiter; la signature résolvait la question car le rébus sur le mot *Kidd* n'est possible qu'en Anglais. Autrement j'aurais commencé par l'espagnol et le français, comme étant les langues les plus connues d'un pirate courant les mers espagnoles. Donc je pensai que le cryptogramme était anglais.

Vous remarquerez qu'il n'y a aucun espace entre les mots, sans cela, la tâche était bien diminuée. Dans ce cas j'aurais réuni les mots les plus courts, et si j'en avais trouvé d'une seule lettre, comme c'est probable, *a* ou *I* (un, je) par exemple, la solution eût été assurée. Mais puisque les espaces manquaient, je relevai les lettres prédominantes et aussi celles qui s'y trouvaient moins souvent. Je dressai alors le tableau suivant :

Le caractère 8 se trouve 33 fois

»	;	»	26	»
»	4	»	19	»
»	! et)	»	16	»
»	*	»	13	»
»	5	»	12	»
»	6	»	11	»
»	× et 1	»	8	»
»	— et .	»	7	»
»	0	»	6	»
»	9 et 2	»	5	»
»	: et 3	»	4	»
»	?	»	3	»
»	¶	»	2	»

La lettre la plus fréquente en anglais est *e*. Les autres sont rangées dans l'ordre que voici : *a o i d h n r s t u y c f g l m w b k p q x z*. E est employé si souvent qu'il est très rare de trouver une phrase

d'une certaine longueur dont il ne soit pas le principal caractère.

Nous avons donc, pour commencer, quelque chose
de mieux qu'une conjecture. Mais quoique l'usage
qu'on peut faire de cette table soit évident, nous ne
nous en servirons pas pour le chiffre en question.
Puisque 8 est le caractère dominant, prenons-le pour
l'*e* de notre alphabet. Pour vérifier notre supposition,
voyons si *e* est redoublé, car beaucoup de mots
anglais contiennent un *e* double, tels que *meet, fleet,
speen, been, seen, agree*, etc. Dans le cas actuel, bien
que le document soit fort court, nous rencontrons
8 redoublé cinq fois.

Donc 8 représentera *e*. Ensuite de tous les mots
anglais contenant *e*, *the* (le) est le plus fréquemment
employé. Voyons donc si nous trouvons répété
plusieurs fois le même assemblage de 3 chiffres
dont 8 sera le dernier : nous trouvons en effet répété
sept fois l'assemblage ; 48. Nous pouvons donc
supposer que ; représente *t*, et que 4 représente *h*.
Nous avons déjà fait un grand pas.

Nous n'avons déterminé qu'un mot, mais ce mot
est important et nous permet de connaître le commencement et la fin d'autres mots. Voyons, par
exemple l'avant-dernier cas où se trouve la combinaison ; 48, vers la fin du document. Il est évident que
le ; qui suit est le commencement d'un mot, et des
6 caractères qui suivent *the*, 5 nous sont connus

Remplaçons ces caractères par les lettres qu'ils représentent, en laissant la place de l'inconnue,

t eeth.

Nous devons écarter *th*, car aucun mot anglais ne finit pas *th* quand la première lettre est un *t*, ainsi que nous le vérifions en introduisant toutes les lettres de l'alphabet à la place de celle inconnue. Réduisons donc nos caractères à

t ee,

et reprenant l'alphabet, nous arrivons au mot *tree* (arbre), qui est la seule version possible. Nous savons donc que (représente r, et nous avons deux mots *the tree* (l'arbre).

Un peu plus loin nous trouvons ; 48 , et nous nous en servons comme de terminaison à ce qui précède. Nous avons la combinaison suivante :

thee tree ; 4(!?34 the,

ou, en substituant les lettres naturelles aux signes connus, nous lisons :

the tree thr !?3 *h the.*

Substituant des points aux caractères inconnus, nous avons :

the tree thr... h the,

t le mot *through* (à travers, par) saute pour ainsi dire aux yeux. Nous trouvons ainsi que *o* est représenté par !,*u* par ? et *g* par 3.

Maintenant, cherchons des combinaisons de caractères connus. Nous voyons vers le commencement

83(88, ou *egree,*

qui est évidemment la terminaison de *degree* (degré),
ce qui nous montre que $\times$ représente *d*.

Quatre lettres après *degree* nous trouvons

;46(;88,

qui donne, en remplaçant l'inconnu par un point :

th. rtee ,

et le mot *thirteen* (treize), se dégage aussitôt, ce qui
nous donne deux lettres de plus *i* et *u* représentées
par 6 et *.

Tout-à-fait au commencement, nous voyons

53!!$\times$.

Traduisant comme précédemment nous lisons

. *good,*

et trouvons que la première est un *a* représenté par
5, ce qui nous donne *a good* (un bon, une bonne).

Pour éviter toute erreur, formons un tableau de
nos découvertes : ce sera un commencement de
clef :

5	représente	*a*
$\times$	»	*d*
8	»	*e*
3	»	*g*
4	»	*h*
6	»	*i*
*	»	*n*
!	»	*o*
(	»	*r*
;	»	*t*

Nous avons donc ainsi dix lettres des plus impor–

tantes, aussi est-il inutile de suivre la solution dans
tous ses détails. Je vous en ai dit assez, je crois,
pour vous convaincre de la facilité qu'il y a à lire
ces chiffres, et vous enseigner sommairement la
marche à suivre. Croyez bien que le cryptogramme
en question est de l'espèce la plus simple. Voici la
traduction complète, telle que nous l'aurions dé-
chiffrée :

*A good glass in the bishop's hostel in the devil's
seat forty-one degrees and thirteen minutes northeast
and by north main branch seventh limb east side
shoot from the left eye of the death's-head a bee line
from the tree through the shot fifty feet out.*

(Un bon verre dans l'hostel de l'évêque dans la
chaise du diable quarante-et-un degrés et treize
minutes nord-est quart de nord principale tige
septième branche côté-est lâchez de l'œil gauche de
la tête de mort une ligne d'abeille de l'arbre à
travers la balle cinquante pieds au large.)

— Mais, dis-je, l'énigme n'est pas plus compré-
hensible qu'auparavant. Que veut dire cela, *hostel
de l'évêque, chaise du diable, tête de mort ?*

— Au premier coup d'œil, la chose est encore
passablement compliquée. Mon premier soin fut
d'essayer de rétablir les divisions naturelles que
l'écrivain avait dans l'esprit.

— Vous voulez parler de la ponctuation ?

— Ou de quelque chose de semblable.

— Mais comment avez-vous fait ?

— L'écrivain avait réuni ses mots sans séparation pour rendre la solution plus difficile ; mais un homme qui n'est pas très fin est porté, alors qu'il y a une interruption naturelle dans la phrase, à resserrer les caractères. C'est ce que nous voyons là : à plusieurs endroits, les chiffres sont presque les uns sur les autres. Ceci me dirigea, et j'y établis la division que voici :

A good glass in the bishop's hostel in the devil's seat — forty-one degrees and thirteen minutes — northeast and by north — main branch seventh limb east side — shoot from the left eye of the death's-head — a bee — line from the tree through the shot fifty feet out.

(Un bon verre dans l'hostel de l'évêque dans la chaise du diable — quarante-un degrés et treize minutes — nord-est quart de nord — lâchez de l'œil gauche de la tête de mort — une ligne d'abeille de l'arbre à travers la balle cinquante pieds au large).

— Quoique divisé, dis-je, le document est encore incompréhensible.

— Il le fut pour moi pendant quelques jours. Je cherchai aux environs de l'île de Sullivan un bâtiment portant le nom d'*Hôtel de l'Evêque*, mais ce fut en vain. Je me proposai d'étendre la sphère de mes recherches et d'opérer avec plus de système, quand, un beau matin, je m'avisai que le *bishop's hostel* pouvait avoir quelque rapport avec une ancienne famille du nom de Bessop qui possédait, à quatre milles au nord de l'île, un château depuis un temps immémorial.

Je me rendis à la plantation et questionnai les nègres les plus anciens. Enfin une vieille femme me dit qu'elle connaissait *Bessop's castle* (château de Bessop), et qu'elle pourrait m'y mener ; mais, me dit-elle, ce n'est ni un château, ni une auberge, c'est un immense rocher.

Je proposai de lui bien payer sa peine, et après quelques difficultés elle consentit à me servir de guide. Arrivés au terme de l'excursion, je la congédiai et commençai l'examen des lieux. Le *château* était représenté par des pics de rocher assemblés irrégulièrement, et dont l'un se faisait remarquer par sa hauteur et sa configuration. Je grimpai au sommet, et fus alors fort embarrassé de ce que j'avais à faire.

Pendant que j'y rêvais, mes yeux se portèrent sur une étroite saillie du rocher, dans la face orientale, à un yard environ au-dessous de l'endroit où j'étais. Cette saillie avançait de dix-huit pouces et avait à peine un pied de large; une niche creusée au-dessus dans le pic lui donnait une vague ressemblance avec ces siéges à dossier courbe en usage chez nos ancêtres. C'était là, à n'en pas douter, la *Chaise du Diable* du document, et l'énigme me sembla dès lors résolue.

Le *bon verre* était certainement une longue-vue, car en terme de marine le mot *glass* a rarement

une autre signification. Il fallait donc se servir d'une
longue-vue en se plaçant à un point de vue défini
et *n'admettant aucune variation*. Dans ma pensée,
les phrases *quarante-un degrés et treize minutes* et
nord-est quart de nord indiquaient la direction où
devait être braquée la longue-vue. Je courus chez
moi prendre une lunette et retournai au rocher.

Je me glissai sur la corniche. On ne pouvait s'asseoir dans la niche que d'une seule façon, ce qui
vérifia ma supposition. Je compris alors que *nord-est
quart de nord* indiquait la direction horizontale de la
longue-vue, et que *quarante et un degrés et treize
minutes* était l'angle qu'elle devait faire avec l'horizon sensible. Au moyen d'une boussole de poche
je déterminai la direction horizontale, et inclinant
ma lunette de quarante et un degrés sur l'horizon,
je la fis mouvoir de haut en bas. Dans ce mouvement, mon attention fut appelée sur une espèce de
crevasse circulaire dans le feuillage d'un arbre beaucoup plus grand que ceux avoisinant. Dans cette
crevasse j'aperçus quelque chose de blanc, mais
sans pouvoir distinguer nettement ; j'ajustai le foyer
de ma lunette et reconnus facilement une tête de
mort.

Cette découverte me combla de joie, et toute in-
certitude disparut de mon esprit : le problème était
résolu. La phrase : *principale tige, septième branche, côté est*, s'appliquait à la position du crâne ;
lâchez de l'œil gauche de la tête de mort ne pouvait

s'interpréter que d'une seule façon, puisqu'il s'agissait de trésor enfoui. Il fallait laisser tomber une balle à travers l'orbite de l'œil gauche, et tirant une *ligne d'abeille*, ou, plus simplement, une ligne droite, du point le plus rapproché de l'arbre *à travers la balle*, c'est-à-dire passant par le point où tomberait la balle, on aurait le lieu précis où gisait le trésor en comptant une distance de cinquante pieds à partir de l'arbre.

— C'est excessivement clair, net et ingénieux, dis-je. Mais que fîtes-vous en quittant l'*Hôtel de l'Evêque?*

— Je notai soigneusement la forme de l'arbre pour le retrouver, et regagnai ma maison. A peine avais-je quitté la *Chaise du Diable*, que l'ouverture circulaire du feuillage disparut à mes yeux. J'eus beau me tourner dans tous les sens, jamais je ne pus l'apercevoir. Le chef-d'œuvre de l'ingéniosité dans cette affaire est ce fait, — et j'ai répété l'expérience pour avoir la certitude que c'en était un, — est ce fait, dis-je, que l'ouverture circulaire ne se peut apercevoir que d'un point unique déterminé qui est la *Chaise du Diable*.

Dans toutes mes excursions, j'étais accompagné de Jupiter qui, voyant mon inquiétude, ne voulait pas me laisser seul. Le lendemain, je me levai de grand matin et échappai à sa surveillance. Je courus dans la montagne, et j'eus le bonheur, après des peines infinies, de retrouver mon arbre. En rentrant le soir, je trouvai Jupiter armé d'un énorme gourdin pour m'appliquer une forte bastonnade. Maintenant, vous connaissez les autres détails aussi bien que moi.

— Il est à croire, dis-je, que nous avons manqué nos premières fouilles par la bêtise de Jupiter qui a laissé tomber le scarabée par l'œil droit?

— Evidemment. Cette méprise donnait une erreur de deux pouces et demi *à la balle*, et si le trésor avait été au-dessous, cette erreur n'aurait eu aucun inconvénient. Mais *la balle* et le point le plus rapproché de l'arbre ne donnaient qu'une direction, de telle sorte que l'erreur, minime au commencement, croissait à mesure que nous nous éloignions de l'arbre, si bien qu'au bout de cinquante pieds, nous étions totalement dévoyés. Et si je n'avais pas eu l'idée fixe qu'un trésor était enfoui là, nous aurions perdu notre peine.

— Mais pourquoi preniez-vous ce ton emphatique, ces attitudes solennelles de magicien en balançant votre scarabée? Je vous croyais réellement fou. Et aussi quelle bizarrerie d'avoir voulu absolument laisser tomber par l'œil gauche du crâne le scarabée au lieu d'une balle?

— Ma foi, à vrai dire, vos soupçons sur l'état de mon esprit m'avaient un peu froissé, et j'ai voulu me venger tranquillement, par une petite mystification. Voilà pourquoi je balançai le scarabée et voulus le faire tomber de l'arbre. C'est une observation de vous sur son poids qui me suggéra cette dernière idée.

— Très bien. Il y a encore pourtant un point à éclaircir. Et ces squelettes ?

— C'est une question que vous résoudrez aussi bien que moi. Voici pourtant mon opinion qui implique une telle atrocité qu'elle est horrible à croire. Si c'est Kidd qui a enfoui le trésor, — et ce n'est pas douteux pour moi, — il a dû se faire naturellement aider. Mais le travail une fois achevé, il a probablement désiré se débarrasser de ses deux auxiliaires. Deux bons coups de pioche ont peut-être suffi ; peut-être en a-t-il fallu une douzaine. — Qui pourra le dire ?

Une Descente dans le Maelstrom.

Nous étions arrivés au sommet du rocher. Pendant quelques minutes, le vieillard sembla trop épuisé pour pouvoir parler.

— Il y a peu de temps, dit-il à la fin, — je vous aurais conduit ici aussi aisément que le plus jeune de mes fils ; mais il y a trois ans il m'est arrivé une aventure telle qu'il n'en est jamais arrivé de pareille à aucun homme, ou du moins telle que personne n'en est revenu pour la raconter, et les six mortelles heures que j'ai passées m'ont brisé de la sorte. Vous me croyez très vieux, et pourtant je ne le suis pas ; il a suffi de quelques heures pour blanchir mes cheveux noirs comme le jais, affaiblir mon corps et détendre mes membres à ce point que le moindre effort

m'épuise, et la moindre ombre me fait trembler.
Je puis à peine, sans avoir le vertige, regarder
par-dessus ce promontoire, le croiriez-vous?

Le petit promontoire sur lequel il s'était jeté pour
se reposer, de telle façon que la partie la plus pe-
sante de son corps surplombait, et que le seul ap-
pui de son coude sur l'arête glissante l'empêchait
de tomber, ce petit promontoire s'élevait à une hauteur de quinze ou seize cents pieds au-dessus d'un
amas de rochers, abîme immense de granit noir et
luisant. Pour rien au monde, je n'aurais voulu m'approcher à six pieds du bord. La position périlleuse
de mon guide me causa une telle émotion que je
tombai sur le sol en me cramponnant à quelques
arbustes, et n'osant même pas regarder le ciel. Je
ne pouvais chasser de mon esprit cette idée que le
vent et la mer minaient la base du rocher où nous
nous trouvions. Enfin, peu à peu, je dominai mon
émotion, et osai me mettre sur mon séant pour regarder au loin.

— Allons, dit le guide, du courage! je vous ai
amené ici pour vous montrer le lieu où s'est passée
l'aventure dont je vous parlais tout à l'heure, et vous
donner les détails de cette scène.

Nous sommes, dit-il avec cette minutie qui le
caractérisait, sur la côte même de Norwége, par
68 degrés de latitude, dans la province de Nordland,
district de Loffoden. Nous sommes ici au sommet
de la nuageuse Helseggen. Levez-vous un peu; —

accrochez-vous au gazon, si vous avez peur ; — très bien ; — regardez maintenant au-delà de cette ceinture de vapeurs qui cache la mer à nos pieds.

Il me semblait que j'allais avoir le vertige. Je vis une grande étendue de mer dont la belle couleur d'encre me rappela le tableau du géographe Nubien et sa *mer des Ténèbres*. L'imagination de l'homme ne peut rien concevoir de plus désolé. A droite et à gauche, s'étendaient à perte de vue, comme les remparts du monde, deux lignes de falaises dont les roches noires dominaient l'Océan ; à leur pied se brisaient des vagues énormes qui lançaient jusqu'à leur cime une écume blanche en hurlant et mugissant éternellement. En face de nous, à cinq ou six milles en mer, on voyait une île rocheuse, ou plutôt on la devinait au moutonnement des brisants qui l'environnaient ; à deux milles plus près de la côte était un autre îlot, amas stérile de rochers, entouré d'une ceinture d'écueils noirs groupés à de petites distances.

Entre le rivage et l'île la plus éloignée, l'Océan présentait un aspect étrange. Il soufflait en ce moment même de terre une brise si forte qu'un brick, qui se trouvait en pleine mer, était à la cape avec deux ris dans sa toile, et que sa coque disparaissait parfois tout entière entre les vagues. Devant nous, l'Océan n'était pas houleux ; il y avait seulement, malgré le vent, un clapotement d'eau vif, bref et dans tous les sens ; peu d'écume, sauf près des rochers.

— L'île que vous voyez là-bas, me dit mon guide, nous autres Norwégiens, l'appelons Vurrgh. Celle qui est à moitié chemin est Moskoe. A un mille au nord, c'est Ambaaren ; là-bas voici Islesen, Hotholm, Keildhelm, Suarven et Buckholm. Plus loin, — entre Moskoe et Vurrgh, — ce sont Otterholm, Flimen, Sandflesen et Stockholm. Ce sont les vrais noms de ces îles ; — mais pourquoi vous les ai-je donnés, je n'en sais rien, pas plus que vous. Entendez ; remarquez-vous le changement de l'eau ?

Nous étions depuis dix minutes sur le sommet de Helseggen, où nous étions montés en partant de Loffoden, de sorte que nous ne vîmes la mer qu'une fois arrivés. J'entendis un bruit très fort qui croissait continuellement, et que je ne puis mieux comparer qu'au mugissement d'un troupeau de buffles dans les savanes de l'Amérique ; en même temps le clapotement de la mer cessa et un courant se forma vers l'est. Pendant que je regardais, il acquit une vitesse effrayante : chaque instant ajoutait à sa rapidité. En cinq minutes, la mer fut, jusqu'à Vurrgh, fouettée par un indomptable furie, mais c'est surtout entre Moskoe et le rivage qu'elle était le plus furieuse. Là, mille courants contraires sillonnaient le lit des eaux qui éclatait tout à coup en convulsions frénétiques, haletait, bouillonnait,

sifflait, formait des tourbillons gigantesques, tour-
noyait et se précipitait vers l'est avec une telle
rapidité qu'on n'en rencontre d'à-peu près semblables que dans les chutes d'eau tombant d'une
grande hauteur.

Le tableau changea bientôt totalement d'aspect.
La surface de la mer devint un peu plus unie, et,
là où il n'y en avait nullement auparavant, appa-
rurent de larges bandes d'écume. Elles s'étendirent
à une assez grande distance, et, se réunissant entre
elles, prirent le mouvement giratoire des tourbillons.
Tout à coup un immense vortex prit naissance ; son
diamètre était d'un mille environ. Il était bordé
d'une bande d'écume lumineuse dont aucune parcelle ne glissait dans cet entonnoir gigantesque.
Aussi loin que l'œil y pouvait pénétrer, il ne voyait
que des parois liquides, noires de jais, polies et
inclinées de 45 degrés au-dessous l'horizon, animées
d'une vitesse prodigieuse et faisant retentir les airs
d'un bruit, moitié cri, moitié rugissement, tel que
le Niagara n'en a jamais fait entendre dans ses plus
violentes convulsions. La montagne tremblait sur sa
base et semblait vouloir se précipiter dans le tourbillon. Je me jetai à plat ventre et m'accrochai au
maigre gazon qui croissait sur ce rocher. — C'est
sans doute le Maelstrom? — dis-je enfin à mon
guide.

— Oui, répondit-il, on l'appelle ainsi quelquefois; mais pour nous Norwégiens, c'est le Moskoe-

strom. Ce nom lui vient de l'île de Moskoe qui est située à moitié chemin.

J'avais lu beaucoup de descriptions de ce tourbillon, mais aucune ne m'avait préparé au spectacle que je voyais. Jonas Ramus a donné la plus détaillée, et cependant on ne peut pas se figurer, avec elle, quelle impression étrange et ravissante la vue du Maelstrom produit sur l'esprit. Je ne sais pas de quel endroit Jonas Ramus a observé le phénomène, mais certainement ce n'est pas du sommet de Helseggen, ni pendant une tempête. Cependant sa relation contient des détails assez curieux pour les rapporter ici.

« Entre Loffoden et Moskoe, dit-il, la mer a trente ou quarante brasses de profondeur, mais de l'autre côté de l'île, du côté de Ver — c'est probablement Vurrgh, — l'eau est si basse qu'un navire, même par un temps calme ne pourrait s'y hasarder, sans courir le risque d'être brisé sur les rochers qui se trouvent entre les deux îles. Quand la marée monte, un courant des plus violents se forme entre Loffoden et Moskoe. Le bruit des plus grandes cataractes est à peine égal au mugissement de ce courant. On voit alors apparaître des tourbillons si larges et si profonds qu'un navire qui s'aventurerait dans leurs parages, serait inévitablement entraîné et brisé contre les écueils qui sont au fond de ces gouffres ; quand le courant s'apaise, les débris sont rejetés sur la côte. Mais ces moments de repos n'ont lieu qu'entre le flux et le reflux, et ne durent qu'un quart-d'heure environ, puis le courant reprend son intensité première.

» Quand il bouillonne le plus et que la tempête accroît sa force, il est dangereux de s'en approcher même à la distance d'un mille norwégien. Des barques, des yachts, des bricks même ont été entraînés pour s'être imprudemment avancés dans les eaux où s'exerce son attraction. On a vu même des baleines saisies par le courant. Il est impossible de décrire leurs mugissements dans leur effort inutile pour se dégager.

» Un ours même, ayant essayé de traverser à la nage le bras de mer entre Loffoden et Moskoe fut saisi par le tourbillon; on entendait du rivage les rugissements de l'animal. Des troncs de sapins engloutis reparaissent déchiquetés à un tel point, qu'ils semblent avoir des cheveux. Le courant est réglé par le flux et le reflux qui a lieu de six heures en six heures. Le dimanche de la Sexagésime, en 1645, l'impétuosité du courant fut telle, que les pierres se détachaient des maisons situées sur la côte. »

Je ne comprends pas, quant à la profondeur de l'eau comment on a pu s'en assurer dans le voisinage même du courant. Les trente ou quarante brasses doivent être prises dans la partie du canal près de Loffoden ou près de Moskoe, car au centre du tourbillon, elle est incommensurablement plus grande, comme on peut s'en rendre compte en regardant du haut de Helseggen. Quant à ces histoires d'ours et de baleines que le bon Jonas Ramus regarde comme extraordinaires, elles font sourire car il est évident que même le plus gros vaisseau serait entraîné s'il arrivait dans le rayon d'attraction, et enlevé comme une plume par un coup de vent.

Les explications qu'on a données du phénomène, — et quelques-unes semblaient plausibles à la lecture, — devenaient complétement insuffisante. « On admet généralement que, comme les trois petits tourbillons de îles Feroe, celui-ci n'a pas d'autre cause que le choc des vagues montant et retombant, au flux et au reflux, contre un banc de rochers qui arrête les eaux comme le fait une digue et les rejette en cataracte. Plus la marée est haute, plus la chûte s'élève, et produit un tourbillon ou vortex dont les moindres exemples démontrent suffisamment la force prodigieuse d'attraction. » Telles sont les termes de l'*Encyclopédie britannique*. Kircher et quelques autres croient qu'il existe au milieu du canal du Maelstrom un gouffre aboutissant dans quelque région éloignée, — peut-être le golfe de Bothnie. Cette opinion puérile fut cependant celle qui satisfit le plus mon esprit, pendant que je contemplais le phénomène. J'en fis part au guide qui me répondit, à ma grande surprise, que c'était l'opinion générale des Norwégiens ; ce n'était pourtant pas la sienne. Cette idée, il ne la comprenait pas, et sur ce point nous fûmes bientôt d'accord ;

car, si concluante qu'elle soit sur le papier, elle est impossible en présence du tonnerre de l'abîme.

— Maintenant que vous avez bien vu, me dit mon guide, venez derrière cette roche qui nous interceptera un peu le bruit des flots, et je vous raconterai un histoire qui vous prouvera que j'en dois savoir quelque chose, — du Moskoe-Strom!

Quand nous fûmes bien abrités, il commença :

— Autrefois, mes deux frères et moi possédions un semaque gréé en goëlette, de soixante-dix tonneaux environ, avec lequel nous pêchions d'ordinaire vers les îles au-delà de Moskoe, près de Vurrgh. Les violents remous de mer donnent une pêche abondante pourvu qu'on s'y prenne au moment opportun, et qu'on ne craigne pas de tenter l'aventure; mais, seuls parmi les pêcheurs de Loffoden, nous allions à ces îles. Ordinairement, on pêche plus bas. A toute heure on y peut prendre du poisson, aussi ces endroits sont-ils très recherchés; mais par ici, entre les rochers, le poisson y est plus beau et aussi plus abondant; si bien qu'en un jour, nous en prenions autant que les autres là-bas en une semaine. Nous faisions une spéculation désespérée où le danger tenait lieu de travail, et le courage de capital.

A cinq milles d'ici sur la côte se trouve une anse où nous abritions notre semaque. Nous profitions, par le beau temps, du calme de quinze minutes pour traverser le canal de Moskoe au-dessus du tour-

billon, et nous allions jeter l'ancre n'importe où vers
Otterholm ou Sandflesen, où les remous sont moins
violents. C'est là que nous attendions jusqu'à l'heure
de l'apaisement des eaux pour lever l'ancre et
regagner la côte. Nous ne partions jamais sans avoir
un bon vent largue pour aller et revenir, un bon
vent sur lequel on pût compter, et nous nous
sommes rarement trompés. Deux fois en six ans le
calme plat, chose rare ici, nous a obligés de passer
la nuit dans ces îles; une autre fois, un coup de
vent qui se mit à souffler après notre arrivée et rendit
le canal si mauvais qu'on ne pouvait raisonnable-
ment pas s'y hasarder, nous retint une semaine à
terre et manqua nous faire mourir de faim. Dans
cette occasion les nombreux tourbillons nous bal-
lottaient tellement deça delà qu'à la fin nous chas-
sâmes sur notre ancre faussée, et nous aurions été
entraînés, si un de ces innombrables courants qui
se forment un jour ici, un autre là ne nous avait
portés à Flimen où nous pûmes mouiller.

Je ne vous dirai pas le vingtième des dangers
que nous courûmes dans ces pêcheries, — car,
même par le beau temps, elles sont dangereuses, —
mais nous trouvions toujours le moyen de défier le
Moskoe-Strom. Parfois cependant le cœur me montait aux lèvres quand nous étions d'une minute en
avance ou en retard sur l'accalmie. Quelquefois
aussi le vent n'était pas assez fort quand nous met-
tions à la voile, et le semaque, que le courant

rendait difficilement dirigeable, allait moins vite que nous ne l'aurions souhaité.

Mon frère aîné avait un fils de dix-huit ans, et moi j'avais deux grands garçons qui nous eussent été fort utiles, soit en ramant, soit en pêchant à l'arrière; mais nous n'avions pas le courage d'exposer ces jeunesses à un pareil danger, car c'était un danger vraiment horrible que nous courions, et nous préférions le courir seuls.

Il y a maintenant trois ans que se passa l'événement que je vais vous conter. C'était le 10 juillet. Les habitants du pays n'oublieront pas ce jour, je vous l'assure, car il souffla ce jour-là la plus terrible tempête qu'on ait jamais vue dans ces parages. Toute la matinée et même dans l'après-midi, il souffla une jolie brise du sud-ouest, le soleil était splendide, et le plus fameux loup de mer n'aurait pas pu prévoir ce qui allait arriver.

Ce jour-là, mes deux frères et moi passâmes l'après-midi aux pêcheries, et en rien de temps nous eûmes chargé notre semaque de fort beau poisson. Il était ce jour-là, j'en fis la remarque, beaucoup plus abondant que de coutume. Il était *sept heures à ma montre* quand nous levâmes l'ancre pour partir. De cette façon nous devions traverser la plus dangereuse partie du Strom pendant le temps de répit qui avait lieu à huit heures, comme nous le savions.

La brise était à tribord et nous filions bon train sans songer nullement au danger, quand tout à

coup le vent sauta venant d'Helseggen et nous mas-
qua. C'était très extraordinaire, et sans trop savoir
pourquoi, je commençai à être inquiet. Nous fîmes
arriver au vent, mais impossible de fendre les remous. J'allais proposer de retourner au mouillage
quand, regardant en arrière, nous vîmes un nuage
cuivré environner l'horizon et monter avec une vitesse inouïe.

Soudain la brise qui soufflait en tête tomba, et
nous fûmes livrés à la merci des courants. Cet état
de choses ne dura pas assez longtemps pour nous
permettre de réfléchir au danger : la tempête était
déjà sur nous. Le ciel devint si sombre qu'avec les
embruns qui nous fouettaient la figure, nous ne pouvions nous voir l'un l'autre à bord.

Il serait impossible de décrire un pareil coup de
vent. Jamais les marins de Norwége n'en ont essuyé
de semblable. Nous avions amené toute notre toile
avant le coup de vent; mais à la première rafale
nos deux mâts vinrent par-dessus bord, — comme
sciés par pied, — le grand mât entraînant l'autre
et mon plus jeune frère qui s'était, par mesure de
prudence, attaché à lui.

Notre semaque était bien le plus léger joujou que
la mer ait jamais porté. Il avait un pont affleuré et
une unique écoutille à l'avant. Nous avions coutume
de la tenir hermétiquement fermée pendant la traversée du Strom, bonne précaution à prendre sur
une mer clapoteuse, et sans laquelle nous aurions

été infailliblement submergés dans cette circonstance, car nous restâmes plusieurs instants sous
l'eau. Je ne puis comprendre comment mon frère
aîné échappa à la mort. Quant à moi, abandonnant
la misaine, je me jetai à plat-ventre sur le pont et
me cramponnai à un boulon au pied du mât, les
pieds appuyés contre l'étroit plat-bord de l'avant.
L'instinct seul me faisait agir, car il m'était impossible de réfléchir.

Nous fûmes, comme je vous le disais, complètement inondés pendant quelques minutes, et je re-
tins, tout ce temps-là, ma respiration. Enfin, sentant que je ne pouvais rester plus longtemps dans
cette position sans être suffoqué, je me dressai sur
les genoux et dégageai ma tête en me cramponnant
de mon mieux à l'anneau. A ce moment, le bateau
donna une secousse, comme un chien qui sort de
l'eau, et se dressa sur sa quille. Je m'efforçais de
secouer la stupeur qui m'avait envahi pour voir ce
qu'il y avait à faire, quand une main se posa sur
mon épaule : c'était mon frère. Sa vue me remplit
de joie, car je le croyais emporté depuis longtemps
par-dessus bord, mais ma joie se changea bien vite
en horreur quand, appliquant sa bouche à mon
oreille, il vociféra ces mots : *Le Moskoe-Strom !*

Jamais on ne saura quelles furent mes pensées à
ce moment-là. Je fus saisi d'un tremblement comme
si j'avais eu la fièvre. Je comprenais bien ce que
mon frère avait voulu dire ! nous étions destinés à

être engloutis par le Strom, et nulle puissance humaine ne pouvait nous arracher à la mort !

Même par le temps le plus calme, nous traversions le canal au-dessus du gouffre, et encore avions-nous bien soin d'attendre le répit du courant, mais alors la tempête furieuse nous poussait vers l'abîme. Un éclair d'espérance traversa mon esprit : nous arriverons certainement, pensai-je, pendant l'accalmie, et alors tout n'est pas perdu. Mais une minute après je me maudissais d'avoir eu la folie d'espérer encore, car il était évident que nous étions condamnés, eussions-nous été dans un vaisseau armé de je ne sais combien de canons, au lieu d'être dans un frêle semaque.

La première fureur de la tempête s'était apaisée ; mais, comme nous fuyions devant elle, c'était peut-être une erreur de nos sens. La mer que le vent avait d'abord maîtrisée se dressait écumeuse et menaçante de toutes parts. Le ciel lui aussi avait pris un autre aspect, mais un aspect étrange, tel que je n'en ai jamais vu de pareil. Tout autour de nous, il était noir comme de la poix, et au-dessus de nos têtes se trouvait une ouverture circulaire, — un ciel bleu, — mais d'un bleu brillant et foncé, — et à travers ce trou brillait la pleine lune d'un éclat inaccoutumé. L'obscurité du reste du ciel la rendait encore plus resplendissante, et elle éclairait tous les objets avec la plus grande netteté ; — mais quelle scène horrible, grand Dieu !

Deux ou trois fois j'essayai de parler à mon frère,
mais le vacarme des vagues était tel que je ne pus
jamais me faire comprendre, et cependant je criais
à pleins poumons. Tout à coup, une pâleur mortelle envahit son visage, et il leva son doigt comme
pour me dire : *Ecoute !*

Au premier abord je ne compris pas sa pensée,
mais bientôt un éclair me traversa l'esprit. Je tirai
ma montre et regardai l'heure aux rayons de la lune.
Elle ne marchait pas ! Je fondis en larmes, et la
jetai à la mer : elle m'était désormais inutile. *Elle
s'était arrêtée à sept heures ! Nous avions laissé passer le temps de répit, et le Strom était en ce moment dans toute sa fureur !*

Quand un navire bien construit, équipé et pas
trop chargé est en pleine mer, par une bonne brise,
les lames semblent s'échapper de dessous sa quille :
on appelle cela *chevaucher*, en terme de marine.
C'était encore tenable quand nous grimpions lestement sur les vagues : une mer gigantesque nous
prenait par derrière et nous enlevait haut, haut,
comme pour nous lancer dans l'espace ; mais au
haut de la lame, nous faisions une glissade, un
plongeon si rapide que j'en avais le vertige. J'avais
la même impression qu'en rêvant que je tombais du
haut d'une montagne élevée. Du sommet d'une lame,
— et je n'aurais jamais cru qu'il pût y en avoir de
pareilles, — je jetai un coup d'œil autour de moi :
une seconde me suffit pour reconnaître la position.

Nous étions à un quart de mille du Moskoe-Strom. Si je n'avais pas su où nous étions, je n'aurais jamais reconnu l'endroit. Le Moskoe-Strom ressemblait ce jour-là à celui de tous les jours aussi peu que le tourbillon que vous venez de voir ressemble au remous d'un moulin. Ce spectacle me glaça d'horreur et mes paupières se fermèrent convulsivement.

Moins de deux minutes après, les vagues s'apaisèrent et nous fûmes environnés d'écume. Le bateau tourna brusquement par bâbord, et nous partîmes comme un flèche dans cette direction-là. Au même instant le rugissement de l'eau fit place à un sifflement aigu. Pour vous faire une idée de ce sifflement, supposez que plusieurs milliers de bateaux à vapeur ouvrent leurs soupapes en même temps. Nous étions dans la bande d'écume qui entoure le tourbillon, et je croyais naturellement que nous allions être en une seconde entraînés dans le gouffre. La rapidité avec laquelle nous tournions, nous empêchait d'en voir le fond. Notre bateau paraissait ne pas toucher l'eau : il avait l'air d'une bulle de gaz glissant à la surface. A tribord était le tourbillon, et à bâbord l'océan qui se dressait devant l'horizon comme une muraille et se tordait comme un serpent.

Vous me croirez si vous voulez, mais je retrouvai une partie de mon sang-froid une fois dans le gouffre et fus beaucoup plus calme que quand nous en approchions. Pour quelle cause? Je ne le sais pas,

mais je suppose que le désespoir raidissait mes
nerfs. Quoiqu'il en soit, ayant fait le sacrifice de
ma vie, je fus beaucoup moins effrayé et moins
stupide qu'auparavant.

Vous prendrez peut-être cela pour de la fanfa-
ronnade, mais c'est pourtant l'exacte vérité, — je
songeai qu'il était beau de mourir ainsi. En présence d'une telle manifestation de la puissance de
Dieu, je me trouvai bien fou de regretter ma misé-
rable existence, et, Dieu me pardonne, je rougis
de honte quand cette pensée traversa mon esprit.
J'allai même plus loin : j'éprouvai un véritable *désir*
de connaître le gouffre et ses mystères, et mon seul
regret était de ne pouvoir raconter à mes vieux camarades les choses curieuses que j'y aurais vues. Cette
dernière idée surtout m'était pénible. Pour un homme
qui va mourir, j'avais de singulières pensées, n'est-
ce pas ? Depuis j'ai réfléchi que les rapides évolu-
tions du bateau autour du gouffre m'avaient totalement étourdi.

Une autre circonstance acheva de me rendre maître
de moi-même. Le vent avait cessé de nous atteindre, car, comme vous avez pu le voir, la ceinture
d'écume est beaucoup au-dessous du niveau de la
mer. En ce moment, la mer se dressait comme une
sombre et haute muraille qui nous abritait contre
le vent. Avez-vous jamais été en mer par une grosse
tempête ? sans cela impossible de vous figurer à quel
point vous troublent le vent et les embruns qui vous

fouettent le visage. Nous ressemblions à ces condamnés à mort à qui on accorde quelques petites faveurs qu'on leur refusait avant leur condamnation.

Je ne saurais dire combien de fois nous fîmes le tour du gouffre dans la bande d'écume. Nous tournâmes pendant près d'une heure. Nous ne voguions pas, nous volions, mais chaque tour nous rapprochait insensiblement, mais toujours plus près, toujours plus près, du bord de l'immense entonnoir.

J'étais toujours cramponné à mon boulon, et mon frère s'était accroché à une petite barrique vide solidement attachée sous l'échauguette, près de l'habitacle. C'était le seul objet que la mer n'eût pas balayé sur notre pont.

Nous approchions de la margelle du puits. Tout à coup, mon frère abandonnant son baril se précipita sur le boulon et essaya de l'arracher de mes mains. Je n'éprouvai jamais de douleur aussi profonde que quand je le vis tenter cette action, mais la terreur l'avait rendu fou furieux, c'était évident. L'anneau était trop étroit pour nous deux, et puis qu'importait que mon frère ou moi y fussions cramponnés. Je le lâchai donc et allai vers son baril. Cette manœuvre ne fut pas trop difficile, car le semaque filait assez d'aplomb sur sa quille, quoique parfois d'immenses houles le poussassent çà et là. J'avais à peine eu le temps de m'arranger dans ma nouvelle position que nous donnâmes une violente embardée à tribord et piquâmes droit dans le gouffre.

Je fis une rapide prière à Dieu pensant que tout était fini.

Je me cramponnai plus énergiquement au baril, et fermai les yeux. Je m'attendais à une mort instantanée, et m'étonnai de ne pas sentir les angoisses de l'immersion. Mais les secondes s'écoulaient : Je vivais encore. Le bateau avait repris le mouvement qu'il avait dans la ceinture d'écume, seulement il donnait davantage de la bande. Je me hasardai enfin à ouvrir les yeux pour voir où nous en étions.

L'effroi, l'horreur et l'admiration s'emparèrent de moi à la vue du spectacle qui se déroulait devant moi. Le bateau semblait miraculeusement suspendu au milieu de sa chute sur les parois d'un entonnoir d'une vaste circonférence. Ces parois étaient unies et noires comme de l'ébène. Elles tournoyaient avec une rapidité prodigieuse et resplendissaient sous les rayons de la lune qui, par le trou que j'ai décrit plus haut, envoyait jusqu'au fond le plus secret de l'abîme les flots d'argent de sa lumière.

Mon trouble était si grand que je ne pus rien voir avec exactitude. La grandeur et l'horrible magnificence du spectacle frappaient seules mes regards. Mes yeux se portèrent vers le fond du gouffre, car rien, dans cette direction, ne s'opposait à ma vue. Nous glissions sur les parois de l'entonnoir. Le sema-que se tenait droit sur sa quille, c'est-à-dire que son pont, parallèle à la surface inclinée des eaux faisait un angle de 45 degrés avec l'horizon. Malgré cette position, je me tenais accroché des pieds et des mains aussi facilement que si nous eussions été sur un plan horizontal. J'ai pensé depuis que la rapidité de notre course devait en être la cause.

Les rayons de la lune semblaient vouloir pénétrer jusqu'au fond de l'abîme; mais un épais brouillard m'empêchait de distinguer nettement. Sur ce brouillard était un magnifique arc-en-ciel qui me parut ressembler au pont que les Musulmans affirment être le seul passage du Temps à l'Eternité. Ce brouillard ou cette écume était sans doute occasionné par les grandes parois de l'entonnoir se réunissant et se brisant dans le fond. Il montait de ce brouillard vers le ciel un hurlement impossible à décrire.

Notre première glissade nous avait portés assez avant dans l'abîme, mais dans la suite il s'en fallut de beaucoup que notre descente fût aussi rapide. Nous allions circulairement, mais en faisant des bonds qui nous lançaient quelquefois à une centaine de mètres seulement, et quelquefois nous faisaient faire le tour du gouffre. A chaque tour nous avancions vers le fond, insensiblement, mais nous avancions toujours.

Je regardai au large sur les parois d'ébène qui nous supportaient, et vis que notre barque n'était pas le seul objet entraîné par le tourbillon. Des débris de gros navires, des pièces de charpente, des troncs d'arbre et des objets plus petits tels que

malles brisées, barils, douves, pièces de mobilier
flottaient sur les eaux et descendaient tous vers le
fond du gouffre. Quand mes premières terreurs furent
dissipées, je fus pris d'une curiosité surnaturelle,
comme je vous l'ai dit. Eh bien ! à mesure que
j'approchais de la fin de cet horrible drame, elle
s'augmentait. Je finis même par trouver, — le croiriez-vous ? — une sorte d'*amusement* à calculer les
vitesses des différents objets dans leur descente
vers le tourbillon d'écume.

— Ce sapin, me surpris-je à dire, sera englouti
avant tout le reste ; et grand fut mon étonnement
de voir un navire hollandais prendre les devants et
faire, le premier, le terrible plongeon. Je me trom-
pai plusieurs fois ainsi dans mes calculs. A la fin,
ce fait, — le fait de mon mécompte, — me jetta
dans des réflexions qui firent battre mon cœur bien
violemment.

Ce n'était pas une nouvelle terreur qui causait ces
battements précipités de mon cœur, mais une espérance bien plus émouvante. Cette espérance surgis-
sait à la fois de ma mémoire et de l'expérience
présente. Je me rappelai les débris des objets
absorbés puis revomis par le *Moskoe-Strom* et rejetés
sur la plage de Loffoden. La plupart de ces objets
étaient déchiquetés, écorchés au point de paraître
couverts d'esquilles et de pointes ; d'autres, au
contraire, ne portaient aucune trace de déchirure. Je supposai qu'ils étaient entrés dans le tour-

billon à une heure si avancée que la marée ne leur avait pas laissé le temps de descendre jusqu'au fond, ou que une cause inconnue avait retardé leur descente jusqu'au moment du reflux. Je concevais qu'il était possible dans les deux cas que ces objets eussent été saisis par le tourbillon remontant, entraînés à la surface de l'océan et jetés sur la grève comme ceux qui avaient été absorbés plus rapidement.

Je fis trois remarques importantes : la première, que, — règle générale, — les corps étaient absorbés en raison directe de leur masse; la seconde, que, étant données deux masses d'égal volume, l'une sphérique et l'autre *de forme quelconque,* la sphère était absorbée la première; enfin la troisième, que, étant données deux masses d'égal volume, l'une cylindrique et l'autre *de forme quelconque,* le cylindre était absorbé le dernier.

Depuis ma délivrance, j'ai eu de nombreuses conférences avec un vieux maître d'école du district qui m'a appris l'usage des mots cylindre et sphère. Il m'a même démontré, — mais j'ai oublié la démonstration, — que ce que j'avais remarqué était la conséquence naturelle de la forme des débris, et il m'a expliqué comment un cylindre, tournant dans un tourbillon, était attiré moins vite qu'un autre corps de forme différente, et de volume égal (1).

(1) Archimède, *De incidentibus in fluido.*

Une circonstance rendait mes observations plus saisissantes, et augmentait mon désir de les vérifier. A chaque tour, nous passions devant un baril, un mât, une vergue qui se trouvaient au même niveau que nous, quand j'ouvris les yeux pour la première fois aux merveilles du gouffre, et qui étaient maintenant bien au-dessus de nous, paraissant n'avoir pas bougé.

Je vis ce que j'avais à faire et n'hésitai pas un moment. Je résolus de larguer le câble qui attachait le baril à l'échauguette et de me jeter à la mer. Je fis tous mes efforts pour attirer l'attention de mon frère sur les barils vides qui passaient près de nous, et lui faire comprendre quel était mon dessein. Je crus un moment qu'il l'avait compris, mais qu'il l'eût saisi ou non, il secoua la tête et refusa de quitter son boulon. Dans cette circonstance, il m'était impossible de m'emparer de lui, aussi l'abandonnai-je à sa destinée, non sans une douleur amère. Sans perdre plus de temps, je m'attachai solidement avec le câble qui amarrait le baril à la cahute, et me précipitai résolument dans la mer.

Le résultat fut celui que j'attendais. Puisque c'est moi-même qui vous raconte le récit, vous voyez que j'en échappai. Vous connaissez les moyens que j'employai, donc j'abrégerai mon récit, et irai droit au but.

Il y avait une heure que j'avais quitté le semaque, quand, après être descendu beaucoup au-dessous de moi, je le vis faire trois ou quatre sauts, piquer de l'avant dans le gouffre et disparaître dans l'écume, emportant mon frère bien-aimé. Mon baril pendant ce temps avait fait du chemin et se trouvait au milieu de la distance qui séparait le fond de l'abîme de l'endroit où j'avais passé par-dessus bord, quand un grand changement se fit dans le tourbillon. Les parois devinrent de moins en moins verticale, le brouillard et l'écume disparurent, et le fond du gouffre se releva graduellement.

Le ciel était clair, le vent était tombé, et la lune se couchait radieuse à l'ouest. Je me trouvai alors à la surface de l'océan, en vue de la côte de Loffo-den, et juste au-dessus de l'endroit où naguère *était* le tourbillon du Moskoe-Strom. C'était l'heure de l'accalmie. La tempête avait soulevé des vagues gigantesques qui me portèrent violemment dans le canal du Strom et me jetèrent à la côte parmi les pêcheries, où un bateau me trouva dans un état d'épuisement que vous concevrez en songeant aux périls auxquels j'avais échappé. Le danger avait disparu, mais le souvenir de ces horreurs m'avait rendu muet. Ceux qui me trouvèrent étaient des pêcheurs, mes camarades, que je voyais tous les jours, et ils ne me reconnurent pas plus qu'ils n'auraient reconnu un voyageur venant de l'autre monde. Mes cheveux qui étaient, la veille encore, noirs comme du jais, avaient blanchi complétement, et étaient tels que vous les voyez maintenant. Il paraît que ma figure était aussi métamorphosée que mes cheveux.

Je leur racontai mon aventure ; — ils ne voulurent pas y croire. Je vous la raconte à vous, Monsieur, et j'espère que vous y ajouterez plus de confiance que les plaisants pêcheurs de Loffoden.

Victoria.

Étonnantes nouvelles par exprès, *viâ* Norfolk ! — L'Atlantique traversé en trois jours !! — Triomphe hors ligne de la machine volante de M. Monck Mason !!! — Arrivée à l'île de Sullivan, près de Charlestown, S. C., de MM. Mason, Robert Holland, Henson, Harrison Ainsworth, et de quatre autres personnes, par le ballon dirigeable Victoria, après soixante-cinq heures de traversée d'un continent à l'autre !!!! — Détails du voyage (1) !!!!!

Le grand problème est résolu ! La science, comme

(1) Cette nouvelle, avec l'entête ci-dessus en grandes capitales, et émaillé de nombreux points d'exclamations, parut pour la première fois comme un fait positif dans le *New-York Sun*. Le retentissement fut énorme. La foule se porta en masse au journal, pour acheter *la seule feuille qui eut les détails de ce voyage*, et la cohue qui s'y fit tient du prodige. En somme, si la traversée n'a pas été réellement effectuée, rien ne s'oppose à ce qu'elle s'accomplisse dans ces conditions.

elle l'avait fait de la terre et de l'eau, vient de conquérir l'air, qui deviendra prochainement un des modes de communication les plus faciles. Avec assez de facilité, sans trop de danger, l'Atlantique a été traversé dans l'espace de temps, vraiment incroyable, de soixante-cinq heures. Partis le samedi 6 du courant à quatre heures du matin, les voyageurs sont arrivés le mardi 9 du courant à deux heures de l'après-midi. Grâce à la diligence d'un correspondant de Charlestown, nous sommes les premiers à donner les détails circonstanciés de cette traversée extraordinaire faite par sir Everard Bringhurst, M. Osborne, un neveu de lord Bentinck, MM. Monck Mason et Robert Holland, les célèbres aéronautes, M. Harrison Ainsworth, l'auteur de *Jack Sheppart*, etc., M. Henson, inventeur malheureux du projet de la dernière machine volante, et deux marins de Woolwich, en tout huit personnes. On peut considérer comme authentiques les détails ci-dessous, car ils ont été copiés presque mot à mot dans les journaux réunis de MM. Monck Mason et Harrison Ainsworth que ces messieurs ont bien voulu communiquer à notre correspondant; ils lui ont en outre gracieusement fourni de nombreux renseignements verbaux sur la structure du ballon, sa construction et autres matières d'un grand intérêt. Les seules modifications faites au manuscrit ont eu pour but de rendre le récit de notre correspondant, M. Forsyth, plus suivi et intelligible.

LE BALLON.

L'intérêt du public pour la navigation aérienne avait été considérablement refroidi par les insuccès notoires et récents de M. Henson et de sir George Cayley. Le plan de M. Henson avait été reconnu praticable par les hommes de la science. Il reposait sur le principe d'un plan incliné lancé d'une certaine hauteur au moyen d'une force intrinsèque, créée et continuée par la rotation d'un appareil muni de palettes et ressemblant à une roue de moulin à vent. Des expériences furent faites à l'*Adelaïde-Gallery*, et il se trouva que ces palettes, loin d'aider le vol de la machine, y apportaient un grand obstacle.

La seule force propulsive qu'eut jamais la machine fut celle acquise dans la descente du plan incliné. On remarqua que le mouvement seul de descente portait la machine à une plus grande distance que quand les ailes fonctionnaient, ce qui prouvait leur complète inutilité; mais, sans propulseur, la machine ne pouvait se soutenir en l'air et retombait immédiatement sur le sol. Sir George Cayley imagina alors d'appliquer cette force propulsive à un appareil se soutenant de lui-même en l'air, à un ballon. L'idée n'était ni nouvelle, ni originale, cependant dans l'appareil de sir George l'application était pratique. Les expériences se firent à l'Institution Polytechnique. La force motrice ou principe propulseur, était encore attribuée à des ailes tournantes au nombre de quatre. Les essais prouvèrent qu'elles ne pouvaient aider le ballon dans son mouvement ascensionnel. En un mot, ces deux inventions firent ce qu'on appelle un *four* complet.

Sur ces entrefaites, M. Monck Mason (dont le voyage de Douvres à Weilburg avec le ballon le *Nassau* excita un si vif intérêt), eut l'idée d'appliquer, comme appareil propulseur, la vis d'Archimède. Dans sa pensée, l'insuccès de M. Henson et de sir George Cayley provenait de la discontinuité des surfaces tournantes. Il fit construire son appareil qu'il transporta à l'*Adelaïde-Gallery*, après avoir fait les premiers essais publics à *Willis's Room*.

Son ballon, comme celui de sir George Cayley, était un ellipsoïde long de treize pieds six pouces et haut de six pieds huit pouces. Il pouvait contenir trois cent vingt pieds cubes de gaz qui, si c'était de l'hydrogène pur, pouvait supporter une charge de vingt et une livres après le gonflement et avant la déperdition de gaz. La machine et l'appareil pesaient dix-sept livres : il y avait donc économie de quatre livres environ sur la charge. Au-dessous du ballon, au centre, pendait, attachée au réseau ordinaire, une légère charpente de bois supportant une nacelle d'osier.

L'axe de la vis est un tube en cuivre creux de six pouces de long. Il est traversé par une série de rayons de fil d'acier, s'appuyant à une spirale inclinée de quinze degrés sur l'axe ; ces rayons se projettent d'un pied de chaque côté ; leurs extrémités sont réunies par deux lames de fil métallique aplati. Telle est la charpente de la vis complétée par une enveloppe de soie huilée, coupée en pointes et suffisamment tendue pour présenter une surface lisse. Les deux bouts de l'axe sont supportés par des montants de cuivre, de forme cylindrique, reliés au cerceau. Les bouts inférieurs de ces tubes sont troués pour recevoir les pivots de l'axe. Une flèche d'acier relie l'extrémité de l'axe de la vis la plus rapprochée de la nacelle à une machine à levier fixée à la corbeille d'osier. Au moyen de ce ressort, on imprime à la vis un mouvement de rotation très rapide, mouvement qui fait avancer la machine.

Un gouvernail permet de s'orienter dans tous les sens. Relativement à sa dimension, le levier avait une puissance considérable : il pouvait soulever un poids de quarante-cinq livres sur un cylindre de quatre pouces après le premier tour, et sa force croissait à mesure qu'il fonctionnait. Son poids était de huit livres six onces; celui du gouvernail de deux onces environ. Il se composait d'une charpente de roseau recouverte de soie, ayant la forme d'une raquette dont la longueur était de trois pieds et la plus grande largeur d'un pied environ. Il peut se mettre à plat, être dirigé en haut, en bas, à droite, à gauche, ce qui permet à l'aéronaute de transporter la résistance de l'air qu'il crée sur son passage par sa position inclinée, sur le point où il désire agir, et par suite de donner au ballon une direction opposée.

Le peu de temps dont nous disposons nous empêche de donner plus de détails sur cet intéressant appareil.

Ce modèle fut mis en mouvement à l'*Adelaïde-Gallery*, et donna une vitesse de cinq milles à l'heure. Chose étrange! il n'excita qu'un médiocre intérêt, comparé à l'énorme machine de M. Henson, tant il est vrai que le public est plus porté à admirer un appareil qui se présente sous un aspect compliqué, et à mépriser celui qui lui paraît tout simple. On supposait que le grand problème de la navigation aérienne ne pouvait se résoudre que par l'application compliquée de quelque principe extraordinaire de dynamique.

M. Mason fut tellement satisfait de ces essais, qu'il résolut, s'il était possible, de construire un ballon de dimensions plus grandes, et de traverser avec lui la Manche, comme il l'avait fait précédemment avec le *Nassau*. Il s'ouvrit de son projet à sir Everard Bringhurst et à M. Osborne, deux *gentlemen* connus pour leurs lumières scientifiques, et l'intérêt qu'ils portaient aux progrès de l'aérostation. D'après le désir de M. Osborne, le projet fut tenu secret. Les seules personnes auxquelles il fut confié furent les constructeurs qui, sous la direction de MM. Mason, Holland, sir Everard Bringhurst et M. Osborne, s'établirent dans la demeure de ce dernier près de Penstruthal, dans le pays de Galles.

M. Henson, accompagné de son ami M. Ainsworth, furent admis, samedi dernier, à visiter le ballon. Ces messieurs avaient pris leurs mesures pour faire partie de l'entreprise. Deux marins de Woolwich y furent admis, je ne sais pourquoi; mais dans deux ou trois jours, nous pourrons donner au lecteur les détails les plus minutieux sur ce voyage extraordinaire.

Le ballon est fait en taffetas recouvert d'un vernis de caoutchouc. C'est un appareil aux vastes proportions qui contient 40,000 pieds cubes de gaz. On a employé pour le gonfler le gaz d'éclairage à la place de l'hydrogène, à cause de la trop rapide déperdition de ce dernier. Il suit de là que la force ascensionnelle du ballon est diminuée assez notablement, et que, une fois gonflé, il ne peut guère enlever que 2,500 livres. Le gaz d'éclairage a été préféré parce que la production en est meilleur marché, qu'il est plus aisé de se le procurer en tout lieu et qu'il est en même temps plus facile à diriger.

C'est à M. Charles Green qu'on doit l'introduction de ce gaz dans les procédés usuels de l'aérostation. Avant cette découverte, le gonflement du ballon était une opération difficile, et on passait souvent deux ou trois jours en vains efforts pour remplir un ballon d'hydrogène, à cause de l'extrême subtilité de ce gaz et de son affinité pour l'air ambiant.

Un ballon assez bien fait pour garder pendant six mois les mêmes quantité et qualité de gaz d'éclairage, ne conserverait pas six semaines l'hydrogène dans son intégrité.

La force ascensionnelle étant de 2,500 livres, et les huit personnes n'en pesant que 1,200, il y avait un surplus de 1,300 livres. Sur ces 1,300 livres, 1,200 furent prises par le lest, contenu dans des sacs portant chacun son poids, les cordages, baromètres, thermomètres, télescopes, barils contenant des provisions pour une quinzaine de jours, barils d'eau, porte-manteaux et autres menus objets parmi lesquels se trouvait une cafetière pour faire le café à la chaux, afin de se dispenser totalement de feu. Tous ces objets sauf le lest étaient suspendus au cerceau. La nacelle est relativement plus petite et moins légère que celle du modèle. Elle est en osier extrêmement léger et solide : sa profondeur est de quatre pieds. Le gouvernail est plus fort et plus large que dans le modèle, mais la vis est considérablement plus petite. Le ballon est en outre muni d'un grappin et d'un *guide-rope* dont l'utilité est indispensable. Nous allons donner ici quelques détails pour ceux de nos lecteurs qui ne sont pas versés dans l'art de l'aérostation.

Quand le ballon quitte terre, certaines circonstances, en modifiant son poids, influent sur sa force ascensionnelle qui est tantôt plus grande, tantôt moindre. Par exemple le ballon peut être couvert de rosée dont le poids s'élève à plusieurs centaines de livres : dans ce cas, le ballon redescendrait si on n'avait la précaution de jeter du lest. Ce lest jeté, et un bon soleil vaporisant la rosée et augmentant la force d'expansion du gaz dans le taffetas, le volume du ballon augmentera, et il montera avec une grande rapidité. Le seul moyen de modérer cette ascension est, — ou plutôt était, jusqu'à l'invention du *guide-rope* par M. Charles Green, — de laisser échapper du gaz par une soupape. Cette déperdition de gaz impliquait naturellement une diminution de force ascensionnelle, si bien qu'au bout d'un temps relativement très bref, le ballon ne déplaçait plus une quantité d'air suffisante et retombait sur le sol. C'était un grand obstacle pour les longs voyages aériens.

Le *guide-rope* est une invention extrêmement ingénieuse et simple pour obvier à ces inconvénients. C'est une corde très longue qu'on laisse traîner à terre et qui empêche le ballon de changer sensiblement de niveau, sans qu'on soit obligé de jeter de lest. Si, par exemple, l'humidité fait descendre le ballon, on laisse traîner assez de corde pour que l'appareil soulagé du poids de cette corde s'arrête dans son mouvement de descente. Au contraire, le soleil, augmentant la force expansive du gaz, fait-il monter le ballon trop rapidement, on retire la corde dans la nacelle jusqu'à ce que ce supplément de poids ait modéré ou arrêté la force ascensionnelle.

Ainsi, au moyen de cette corde, la déperdition

du gaz est évitée le plus possible , et l'aéronaute garde son lest. Pour franchir une grande étendue d'eau , il importe de se servir de petits barils de bois ou de cuivre remplis d'un lest liquide plus léger que l'eau de telle façon qu'ils puissent flotter. Le *guide-rope* présente encore cet avantage, qu'il indique la direction du ballon. La corde *drague*, pour ainsi dire, soit sur terre, soit sur mer, quand le ballon est libre; il suit de là que ce dernier est en avance toutes les fois qu'il marche : ainsi , une appréciation faite au compas des positions de deux objets indiquera toujours la direction. Le *guide-rope* sert aussi à déterminer la vitesse du ballon. Lorsque la corde pend parallèle à l'axe vertical de la machine, le ballon est stationnaire , et la vitesse se mesure par l'angle que fait la corde avec cet axe vertical : plus l'angle est obtus, et plus la vitesse est considérable, — et réciproquement.

Le projet primitif des voyageurs était de traverser la Manche et de descendre le plus près possible de Paris. Pour cela ils s'étaient munis, comme ils l'avaient fait avec le *Nassau*, de passe-ports visés pour toutes les parties du continent, et spécifiant la nature de leur expédition , pour s'épargner les formalités usuelles des bureaux. Mais les événements rendirent leurs papiers inutiles. L'opération du gonflement commença tranquillement le samedi, 6 courant, au point du jour, à Weal-Vor-House, habitation de M. Osborne à un mille de Penstruthal, dans la Galles du nord. A onze heures sept minutes, tout était prêt pour le départ; on lâcha le ballon qui s'éleva doucement mais d'une manière continue dans la direction du sud. Pendant la première demi-heure, le gouvernail et la vis ne furent pas employés.

Nous allons maintenant reproduire le journal, tel que l'a copié M. Forsyth d'après les journaux réunis de MM. Monck Mason et Ainsworth. Le journal est écrit de la main de M. Mason, et M. Ainsworth a ajouté un post-scriptum ou appendice, en attendant qu'il publie, — ce qui aura lieu très prochainement, — un compte-rendu minutieux de ce voyage, compte-rendu qui sera, sans aucun doute, du plus vif intérêt.

LE JOURNAL.

Samedi, 6 avril. — Nous avons fini cette nuit tous les préparatifs embarrassants, et, ce matin au point du jour, le gonflement a commencé. Le ballon était couvert de rosée qui rendait la soie peu maniable, aussi nous n'avons pu partir que vers onze heures. Notre enthousiasme fut indescriptible, lorsque nous nous élevâmes doucement, mais sans relâche, avec une jolie brise du nord qui nous poussait vers le canal de la Manche. La force ascensionnelle était plus considérable que nous ne

l'avions pensé, et comme nous montions au-dessus
des falaises et étions plus exposés à l'action directe
des rayons solaires, notre ascension fut encore plus
rapide. Ne voulant pas perdre du gaz dès le commencement de notre voyage, je retirai le *guide-
rope*, et, même quand la corde fut entièrement
dans la nacelle, nous montâmes cependant avec
rapidité. Le ballon s'élevait avec assurance et
majesté. Dix minutes après notre départ, je consultai le baromètre : nous étions à une hauteur de
15,000 pieds.

Le temps était splendide, et la campagne au-
dessous de nous, — une des plus romantiques à
tous les points de vue, — remarquablement belle.
Les gorges nombreuses et profondes, remplies de
vapeurs épaisses nous paraissaient des lacs, et les
rochers et les hauteurs du sud-est, empilés dans
un inextricable chaos nous faisaient songer à ces
cités gigantesques dont les fables orientales nous
ont donné le récit. Nous avancions rapidement vers
les montagnes du sud, mais nous étions à une hauteur suffisante pour les franchir sans difficulté.
Quelques minutes après, nous planions au-dessus.
M. Ainsworth et les marins furent frappés de leur
apparence peu élevée; le sol, vu d'une grande
hauteur en ballon paraît toujours à peu près uni,
de quelques inégalités qu'il soit recouvert. A onze
heures et demie, nous aperçûmes vers le sud le
canal de Bristol; et quinze minutes après la ligne

des brisants de la côte apparut soudain au-dessous de nous : nous planions sur la mer. Nous résolûmes de lâcher alors assez de gaz pour laisser notre *guide-rope* traîner dans l'eau avec les bouées attenantes. Une minute suffit à la manœuvre et nous descendîmes graduellement. Au bout de vingt minutes, notre première bouée toucha, et quand la seconde plongea dans l'eau, nous restâmes à une hauteur fixe. Une expérience nous inquiétait : c'était de vérifier l'efficacité du gouvernail et de la vis ; nous les mîmes en mouvement pour accentuer notre marche vers l'est et *mettre le cap* sur Paris.

Le gouvernail nous servit à effectuer ce changement, et notre route se trouva alors perpendiculaire à la direction du vent ; puis nous mîmes la vis en mouvement, et elle nous porta docilement dans le sens voulu. Notre joie tint alors du délire. Neuf fois nous poussâmes un fort hourrah, et une bouteille fut jetée à la mer, contenant une bande de parchemin relatant succinctement le principe de l'invention. Notre joie fut de courte durée. Un accident, bien propre à nous décourager, vint y mettre un terme au milieu de nos manifestations de triomphe.

La verge d'acier qui reliait le levier au propulseur, fut, par l'effet de l'inclinaison de la nacelle, inclinaison causée par quelque mouvement des marins qui nous accompagnaient, fut, dis-je, violemment jetée hors de sa place par le bout qui la retenait à la nacelle. En un instant elle se trouva hors de notre portée, suspendue et dansante loin du pivot de l'axe de la vis. Nous reportâmes sur elle toute notre attention en faisant de nombreux efforts pour la rattraper. Pendant ce temps-là un violent courant d'air venant de l'est nous enveloppa et nous porta brusquement sur l'Atlantique.

Nous nous trouvâmes chassés en mer avec une vitesse de cinquante à soixante milles à l'heure, certainement, si bien que nous atteignîmes le cap Clear, à quarante milles au nord avant d'avoir pu assujettir la verge d'acier et songer à virer de bord. M. Ainsworth nous fit alors une proposition extraordinaire, mais qui, dans ma pensée n'était nullement chimérique : « Pourquoi, dit-il, ne traverserions-nous pas l'Atlantique avec l'aide de cette brise et n'aborderions-nous pas sur la côte de l'Amérique du nord au lieu de descendre à Paris? » M. Holland approuva complétement la proposition; après une légère réflexion je me rangeai à son avis, et chose étrange, les deux marins furent les seuls à faire des objections.

Nous étions en majorité, aussi maintînmes-nous résolument notre direction vers l'ouest. Le traînage des bouées retardait considérablement notre marche, mais comme nous étions bien maîtres de notre ballon, nous jetâmes une cinquantaine de livres de lest et retirâmes au moyen d'une manivelle la corde

hors de l'eau. Grâce à cette manœuvre notre
vitesse s'accrut d'une façon remarquable; poussés
par une brise qui fraîchissait de plus en plus,
nous filions avec une vélocité presque inconcevable.
En peu de temps la côte disparut à nos yeux. Le
guide-rope s'allongeait derrière la nacelle formant
comme le sillage d'un vaisseau. Au-dessous de nous
étaient de nombreux navires; les uns louvoyaient
avec peine, mais la plupart étaient en panne. Nous
causâmes à leur bord un grand enthousiasme; nous
aussi nous étions tous enthousiasmés, et nos deux
marins ne l'étaient pas le moins : quelques petits
verres de genièvre leur avaient ôté tous leurs scru-
pules. Plusieurs bâtiments tirèrent le canon et nous
saluèrent de nombreux hourrahs que nous perce-
vions très distinctement. Nous marchâmes ainsi tout
le jour sans accident, et quand la nuit commença
à paraître nous calculâmes approximativement la
distance parcourue : elle fut évaluée à cinq cents
milles, au minimum. Le propulseur avait fonctionné tout le temps, et aidé positivement notre
marche. A la nuit la brise fraîchit encore plus.
L'Océan se faisait remarquer au-dessous de nous
par sa phosphorescence. Toute la nuit le vent
souffla de l'est et nous donna les plus brillantes
espérances de succès. Le froid était très vif, et
l'humidité de l'atmosphère nous fit beaucoup souffrir; mais notre nacelle était suffisamment grande
pour nous permettre de nous coucher, et nos cou-

vertures et nos manteaux nous garantirent parfaitement du froid.

Post-scriptum (par M. Ainsworth). — Les neuf heures qui viennent de s'écouler ont été les heures les plus émouvantes de ma vie. Je ressens une certaine satisfaction mélangée d'un peu d'émotion en songeant au danger, mais la nouveauté de l'aventure m'enthousiasme plus que je ne le puis dire. Dieu veuille nous donner le succès! Je ne le lui demande pas pour le salut de ma chétive personnalité, mais pour la gloire de la science humaine. Une seule chose m'étonne, c'est qu'on n'ait pas songé plus tôt à exécuter une expérience aussi faisable. Que cette brise continue pendant quatre ou cinq jours, — et il n'est pas rare, dans ses parages, de lui voir une plus longue durée, — et nous serons au but de notre voyage. Avec un vent pareil, l'Atlantique n'est plus qu'un grand lac.

Au moment où j'écris, la mer malgré son agitation est silencieuse, et nul autre phénomène ne m'a frappé davantage. La grande voix de l'Océan ne monte pas vers les astres; l'onde flamboie et se tord silencieuse au-dessous de nous. Les houles gigantesques ressemblent à des géants muets se tordant dans les convulsions d'une agonie impuissante. Dans une telle nuit, un homme *vit* un siècle d'existence ordinaire, et, pour rien au monde, je n'échangerais ce ravissant délice.

Dimanche, 7 (*Manuscrit de M. Mason*). — Ce matin la brise avait baissé considérablement. Sur mer elle aurait fait parcourir huit à neuf nœuds à un navire ; mais, pour nous, elle nous faisait marcher avec une vitesse d'au moins trente milles à l'heure. Cependant elle a tourné au nord, et nous maintenons notre route vers l'ouest grâce au propulseur et à la vis qui fonctionnent très bien. L'entreprise, pour moi, est réussie, et le problème de la navigation aérienne dans tous les sens est résolu, sauf peut-être dans le cas où le vent soufflerait en tête. Nous n'aurions pu résister à la brise d'hier ; mais soit en montant, soit en descendant nous aurions pu trouver un courant plus favorable. Aujourd'hui, à midi, nous avons jeté du lest, et sommes montés à une hauteur de 25,000 pieds. Nous n'avons pas trouvé de courant plus favorable que celui dans lequel nous sommes. Je suis sans inquiétude au sujet de la quantité de gaz de notre ballon : elle serait suffisante pour un voyage de trois semaines. L'issue de notre entreprise ne m'effraie nullement : on a exagéré beaucoup les difficultés. En somme je puis choisir mon courant, et, en admettant que je n'en trouve pas, avec mon propulseur je puis les défier *tous*. Pas d'accidents dans la journée. La nuit s'annonce bonne.

Post-Scriptum (*par M. Ainsworth*). — J'ai peu de choses à noter. Un fait pourtant m'a étonné : à une hauteur égale à celle du Cotopaxi, je n'ai ressenti ni froid trop vif, ni migraine, ni difficulté de respiration; M. Mason, M. Holland et sir Everard n'ont nullement souffert; M. Osborne s'est plaint d'un serrement de la poitrine, mais cette indisposition s'est promptement dissipée. Notre vitesse a été assez grande pendant toute la journée : nous devons avoir accompli la moitié de la traversée. Nous avons croisé une vingtaine de navires qui ont été fort étonnés. Après tout, traverser l'Atlantique en ballon n'est pas chose si difficile ! *Omne ignotum pro magnifico !*

Nota. — A 25,000 pieds de hauteur, le ciel paraît noir et les étoiles se voient distinctement. Chose étrange, la mer au lieu de paraître convexe, comme on pourrait le croire, est absolument concave (1).

Lundi, 8 (*Manuscrit de M. Mason*). — La tige du propulseur nous a causé ce matin quelques embarras; de crainte d'accident plus sérieux elle devra

---

(1) Le phénomène qu'a observé M. Ainsworth et qui l'étonne s'explique facilement. Si on abaisse du ballon, supposé à une hauteur de 25,000 pieds, une perpendiculaire à la surface de la mer, cette ligne sera un côté de l'angle droit d'un triangle rectangle dont l'hypoténuse joindrait le ballon à un point quelconque de l'horizon, et dont le second côté de l'angle droit serait la ligne joignant ce point de l'horizon au pied de la perpendiculaire abaissée du ballon sur la mer. Mais relativement à l'étendue de la perspective, 25,000 pieds sont peu de chose, de telle sorte qu'on pourrait regarder comme parallèles l'hypoténuse et la base du triangle supposé. Alors l'horizon sera relevé jusqu'au niveau du ballon. Et comme le point situé au-dessous du ballon paraît et est effectivement à une grande distance, il paraîtra situé au-dessous de l'horizon : de là l'impression de concavité. Pour voir la convexité de la terre, il faudrait être à un point tel que l'hypoténuse et la base du triangle ne puissent pas être considérées comme parallèles.

être modifiée ; — je parle de la tige car les palettes
ont fonctionné à merveille. La fortune semble vouloir nous favoriser : le vent souffle constamment du
nord-est. Ce matin, un peu avant le lever du soleil,
nous avons eu quelques craintes. Le ballon a été
secoué à plusieurs reprises, nous avons entendu
quelques bruits singuliers, et la machine a cessé
de fonctionner. Nous avons eu promptement l'explication de ces phénomènes : la chaleur de l'atmosphère venant à augmenter, le gaz avait acquis une
plus grande force d'expansion, force accrue par la
débâcle naturelle des petits glaçons qui, pendant la
nuit s'étaient incrustés sur le filet du ballon.

Nous avons aperçu plusieurs navires pendant la
journée et leur avons jeté des bouteilles. L'une
d'elles a été recueillie par un grand bâtiment, probablement un steamer faisant le service de New-
York. Nous avons essayé de déchiffrer son nom,
mais nous ne sommes pas bien sûrs d'avoir réussi.
Avec le télescope de M. Osborne, nous avons crû
lire *Atalante.* Il est minuit et notre marche vers
l'ouest est toujours aussi rapide. L'Océan est remarquablement phosphorescent.

Post-Scriptum (par M. Ainsworth). — Il est deux
heures du matin et il fait un temps très calme,
autant que je puis en juger, chose assez difficile pour
des gens qui se meuvent constamment avec et dans
l'air. Depuis notre départ de Weal-Vor je n'ai pas
fermé l'œil, mais la fatigue l'emporte et je vais dor-

mir. Je crois que nous ne sommes pas éloignés des
côtes américaines.

Mardi, 9 (*manuscrit de M. Ainsworth*). 1 *heure
de l'après-midi.* — La côte basse de la Caroline du
sud est devant nous ! Le grand problème est résolu !
Grâce à Dieu, nous avons traversé l'Atlantique en
ballon et rapidement. Qu'y a-t-il maintenant d'impossible.

Le journal finit ici, mais M. Ainsworth a donné à
M. Forsyth quelques détails verbaux sur la descente.
Il faisait *calme plat* quand les voyageurs arrivèrent
en vue de la côte que reconnurent immédiatement
les deux marins et M. Osborne. Ce dernier ayant
des connaissances au fort Moultrie, on résolut d'y
effectuer la descente.

Le ballon fut dirigé sur la plage ; la mer était
basse, le sable ferme, uni, très propre en un mot
pour la descente, et le grappin mordit du premier
coup. La curiosité attira les habitants de l'île et du
fort qui se pressaient autour de nous, mais ils
n'ajoutèrent foi que difficilement à notre *traversée
de l'Atlantique.* Il était deux heures quand l'ancre
mordit : notre voyage avait duré soixante-quinze
heures, et même un peu moins, si on compte simplement le trajet d'un rivage à l'autre. Du reste pas
d'accident sérieux.

Le ballon fut dégonflé et serré sans peine; ces messieurs étaient encore dans l'île que le courrier de Charlestown apportant les manuscrits d'où le récit, est tiré était parti déjà.

Les intentions ultérieures de nos voyageurs sont encore complétement inconnues, mais sûrement lundi ou mardi prochain nos lecteurs auront de nouveaux et précis détails.

Dix-neuf jours en ballon.

Les dernières nouvelles de Rotterdam, ne relatent que le singulier état d'effervescence philosophique où se trouve la ville. Il s'y est passé des phénomènes si nouveaux, si inattendus, en contradiction si flagrante avec toutes les idées reçues, que l'Europe sera avant peu, à n'en pas douter, sens dessus dessous, et qu'il n'y aurait rien d'étonnant à voir la raison et l'astronomie se prendre aux cheveux.

Le ... du mois de ... (je ne me rappelle pas assez sûrement la date pour la donner), une foule immense était rassemblée, dans un but inconnu, sur la grande place de la Bourse à Rotterdam. La journée était fort chaude pour la saison : pas le moindre souffle d'air ; aussi les spectateurs ne redoutaient-ils nullement les ondées qui de temps à autre s'échappaient des gros nuages blancs parsemant le ciel bleu.

Toutefois vers midi, une agitation remarquable s'empara de la foule, agitation accompagnée du brouhaha de dix mille langues ; puis dix mille visages se tournèrent vers le ciel, dix mille pipes sortirent du coin de dix mille bouches, et la ville de Rotterdam et ses environs furent ébranlés par un cri long, haut et furieux comparable au seul mugissement du Niagara.

La cause de ce tumulte ne resta pas longtemps ignorée. On vit bientôt sortir d'un amas de nuages et entrer dans une lacune azurée que laissaient entre eux les contours nettement définis des nuées, un être bizarre, hétérogène, paraissant solide, mais si étrangement façonné que la foule des gros bourgeois qui le regardaient d'en-bas n'y comprenait rien du tout, et l'admirait sans cesse.

Qu'est-ce que cela pouvait-être ? Par tous les diables de Rotterdam, qu'est-ce que cela signifiait ? Personne ne le savait, personne ne le devinait ; non, personne, — pas même le bourgmestre Mynheer Superbus Von Underduk, — n'avait la moindre notion pour éclaircir ce mystère. Aussi, n'ayant rien de mieux à faire, tous les Rotterdamois, à un homme près, remirent leurs pipes dans le coin de la bouche, et, braquant toujours un œil sur l'être mystérieux, poussèrent sérieusement de larges bouffées, s'arrêtèrent un instant, se dandinèrent de droite à gauche et poussèrent un grognement significatif, puis se dandinèrent de gauche à droite, poussèrent un nouveau grognement, s'arrêtèrent, et, enfin, se remirent à lancer de longues bouffées.

Cependant l'objet qui excitait une telle curiosité et provoquait de telles fumées descendait toujours, toujours vers la béate ville de Rotterdam. En quelques minutes il fut assez près, pour qu'on pût le distinguer exactement. Cela pouvait être, — oui c'était une espèce de ballon; mais, vrai, jusqu'alors Rotterdam n'en avait pas vu de pareil. Car, enfin, — je vous le demande, — qui a jamais entendu parler de ballon fait avec des journaux, et des journaux crasseux, encore! Personne en Hollande, je l'affirme; et pourtant, là, sous le nez du peuple, ou plutôt à une certaine distance au-dessus de son nez, on voyait l'objet en question, et cet objet était fait, — j'ai de bonnes autorités pour l'affirmer, — avec cette matière que personne n'avait eu l'idée d'utiliser pour un tel dessein. Pour les bourgeois de Rotterdam, c'était une grave insulte à leur bon sens.

Le phénomène était encore plus répréhensible par sa forme : il ressemblait à un vaste bonnet de fou tourné sens dessus dessous. La ressemblance devint encore plus frappante quand, en regardant de plus près, la foule découvrit, un énorme gland suspendu à la pointe, et autour du bord supérieur ou de la base du cône, une garniture de petits instruments assez semblables à des clochettes de brebis et qui tintinnabulaient sans cesse sur l'air de Betty Martin.

Ce qui était encore plus fort, c'était de voir, suspendu par des rubans bleus, à l'extrémité de la machine, en guise de nacelle, un immense chapeau de castor gris américain. Chose étonnante, ces larges bords, cette calotte hémisphérique, ce ruban noir et cette boucle d'argent ne semblaient pas inconnus à la foule qui les regardait avec des yeux familiers ; et même, dame Grettel Pfaall poussa à sa vue un cri de joie et de surprise, déclarant que c'était le chapeau de son cher homme lui-même. Or, — et il faut bien noter cette circonstance, — ce Pfaall avait disparu de Rotterdam avec trois de ses compagnons cinq ans auparavant, et, au moment où commence ce récit, toutes les tentatives pour avoir de ses nouvelles avaient complétement échoué. On avait, il faut bien le dire, découvert dans un endroit retiré à l'est de la ville, mêlés à des débris, des ossements qu'on avait pris pour des ossements humains, et quelques profanes allèrent jusqu'à dire que Pfaall et ses trois compagnons avaient été massacrés. Mais revenons à notre récit.

Le ballon, — car c'en était bien un, — était descendu à cent pieds du sol, et la foule pouvait distinguer nettement le personnage qui y était. C'était un drôle d'individu. Il avait à peu près deux pieds de haut. Quelque petit qu'il fût, sa taille exiguë ne l'aurait pas empêché de passer par-dessus le bord de sa nacelle, s'il n'eût été retenu par un rebord circulaire attaché aux cordages du ballon, et qui lui arrivait au milieu de la poitrine. Il était d'une rotondité telle que son corps en paraissait grotesque. Naturellement on ne voyait pas ses pieds. Il avait des mains énormes; cheveux gris formant une queue par derrière; nez prodigieusement long, crochu et rouge; yeux bien fendus, vifs et perçants; joues larges et boursoufflées malgré les rides de la vieillesse; double menton; mais on ne lui voyait pas d'oreilles.

Ce drôle de petit homme avait un paletot-sac en satin bleu de ciel et des culottes collantes de même couleur serrées aux genoux par des boucles d'argent. Un gilet jaune brillant, un bonnet de taffetas blanc coquettement posé sur le côté, une cravate écarlate étalant sur sa poitrine ses bouts préten-tieux complétaient son accoutrement.

Quand ce petit vieux fut arrivé à cent pieds du sol, il sembla très agité et peu désireux de s'approcher davantage de la *terre ferme.* Il souleva à grand'peine un sac de sable, en versa une partie et demeura stationnaire. Alors il chercha avec une grande activité dans la poche de son paletot et en retira un porte-feuille qu'il soupesa soupçonneusement et examina comme surpris de son poids. Il l'ouvrit, en retira une grande enveloppe scellée à la cire rouge et entourée d'un fil de même couleur, et la laissa tomber juste aux pieds du bourgmestre Mynheer Superbus Von Underduk.

Son Excellence se baissa pour ramasser le paquet. Cependant l'aéronaute paraissait très agité, et n'ayant sans doute aucune affaire qui le retînt à Rotterdam, faisait activement ses préparatifs de départ. Pour pouvoir s'élever de nouveau, il lui fallait se débarrasser d'une partie de son lest; et les six sacs qu'il jeta successivement sans prendre le temps de les vider, tombèrent sur le dos de monsieur le bourgmestre, et le culbutèrent juste une demi douzaine de fois à la vue de ses administrés.

Le grand Underduk ne laissa pas passer impunément cette insolence du vieux petit bonhomme, croyez-le bien. On dit au contraire qu'à chacune des six culbutes, il tira six larges et longues bouffées bien distinctes de sa pipe qu'il serrait avec force entre les dents, et qu'il se propose de tenir ainsi, — si Dieu le permet, — jusqu'à la mort.

Le ballon s'élevait cependant comme une alouette, et finit par disparaître tranquillement derrière un de ces gros nuages blancs, semblable à celui d'où il était sorti, et les bons citoyens de Rotterdam, éblouis, le perdirent de vue.

Toute leur attention se porta alors sur la lettre dont la transmission, avec les accidents qu'elle occasionna, aurait pu être fatale à la personne et à la dignité de son Excellence Von Underduk. Cependant, en effectuant ses mouvements gyra-

toires, ce grave magistrat avait mis en sûreté la
lettre qui était tombée entre bonnes mains puisqu'elle lui était adressée à lui et au professeur
Rudabub en qualité l'un de président et l'autre de
vice-président du Collége astronomique de Rotterdam. Ces dignitaires l'ouvrirent sur le champ et
y trouvèrent la communication suivante très extraordinaire, et, ma foi, très sérieuse :

*A Leurs Excellences Von Underduk et Rudabub,
président et vice-président du Collége National
astronomique de la ville de Rotterdam.*

Vos Excellences ont peut-être entendu parler d'un
pauvre ouvrier, nommé Hans Pfaall, raccommo-
deur de soufflets qui disparut de Rotterdam il y a
environ cinq ans, avec trois personnes, d'une
manière inexplicable. Eh bien ! c'est moi, Hans
Pfaall, n'en déplaise à Vos Excellences, — c'est
moi qui fais cette communication. La plupart de
mes concitoyens savent que, pendant quatre ans
j'ai occupé une petite maison en briques située à
l'entrée de la rue dite *Sauerkraut*, et qu'au moment
de ma disparition j'y habitais encore. De temps
immémorial mes aïeux l'ont occupée, et y ont
exercé la profession aussi lucrative que respectable
de raccommodeurs de soufflets, profession que
j'exerçais moi-même. Mais, pour dire toute la

vérité jamais honnête citoyen de Rotterdam plus
digne que moi n'exerça plus fructueuse industrie
jusqu'à ces dernières années où la politique a bou-
leversé toutes les têtes. J'avais du crédit, des pratiques ; enfin je ne manquais ni d'argent ni de bonne
volonté. Mais, je vous l'ai déjà dit, la liberté, les
grands discours, le radicalisme et toutes ces dro-
gues de même espèce nous firent ressentir leurs
effets. Personne ne pensait à nous, personne,
même les gens qui étaient les meilleures pratiques
du monde. Tout leur temps était employé, encore y
suffisait-il à peine, à apprendre l'histoire des
révolutions et surveiller la marche de l'intelligence
et des idées du siècle. Leur fallait-il souffler leur
feu, ils prenaient un journal. Aussi plus le gouverne-
ment faiblissait, plus ma croyance se fortifiait que
le cuir et le fer devenaient indestructibles ; et bientôt, dans tout Rotterdam, il n'y eut plus un seul
soufflet qui eût besoin d'être repiqué, ou qui
réclamât l'aide du marteau. Cet état de choses était
impossible. Je fus rapidement aussi gueux qu'un
rat, et comme j'avais sur les bras une femme et des
enfants qu'il fallait nourrir, mes charges devinrent
intolérables, et je passai mes journées à réfléchir
sur la manière la plus convenable de me débarrasser de la vie.

Cependant, grâce à mes gredins de créanciers, je
n'avais guère le loisir de réfléchir. Du matin au
soir, ils assiégeaient ma demeure. Trois particuliè-

rement étaient insupportables : toujours à ma porte et me menaçant de la loi. Je jurai de me venger de ces trois particuliers si jamais je pouvais les tenir en mon pouvoir, et c'est je crois cette ravissante espérance qui m'empêcha de me faire sauter la cervelle d'un coup d'espingole, comme j'en avais le projet. Mais je jugeai à propos de dissimuler ma rage et de les accabler de promesses et de belles paroles jusqu'au jour où le hasard m'offrirait l'occasion de me venger.

Un jour je parvins à leur échapper ; j'étais plus abattu que de coutume, et j'errais longtemps sans but à travers les rues de la ville les plus sombres jusqu'à ce que je me heurtai à l'échoppe d'un bouquiniste. Un fauteuil destiné aux pratiques était là devant moi : je m'y jetai, sans savoir pourquoi, et ouvris le premier livre qui me tomba sous la main. C'était, par le plus grand des hasards, une brochure d'astronomie spéculative du professeur Encke, de Berlin, ou d'un Français dont le nom ressemblait beaucoup au sien. Je possédais déjà quelques notions de cette science, aussi je lus deux fois l'ouvrage avant d'avoir conscience de ce qui se passait autour de moi.

Cependant la nuit était venue, je repris le chemin de mon logis. La lecture de cet opuscule, — coïncidant avec une découverte pneumatique que m'avait récemment communiquée un mien cousin, de Nantes, comme un secret très important, — laissa dans mon esprit des traces ineffaçables ; et, tout en flânant dans les rues envahies par la lumière douteuse du crépuscule, je me remémorai les raisonnements étranges et parfois incompréhensibles de l'écrivain. Certains passages m'avaient notamment frappé. Plus j'y rêvais, et plus l'intérêt qu'ils m'avaient causé grandissait en moi. En général, mon éducation était très limitée, et les sujets relatifs à la philosophie naturelle m'étaient inconnus ; malgré tout, loin de me défier de mon aptitude naturelle à comprendre ce que j'avais lu, ou de mettre en suspicion les notions confuses et vagues que ma lecture avait fait surgir, mon imagination était fortement aiguillonnée. Je me demandai, avec assez de vanité et peut-être de raison, si les idées indigestes qui naissent parfois dans les esprits mal réglés ne contiennent pas en elles, — comme elles le semblent, — toute la force, toute la réalité, et les autres propriétés inhérentes à l'instinct et à l'intuition.

J'arrivai tard à la maison et me couchai aussitôt. Mon esprit était tellement préoccupé que je ne pus fermer l'œil. Dès le matin, je courus chez le bouquiniste, et le peu d'argent qui me restait fut employé à acheter des volumes de mécanique et d'astronomie pratiques. Je les portai chez moi comme un trésor, et consacrai mes instants de loisir à leur lecture. Je fis des progrès assez rapides dans mes nouvelles études pour exécuter certain projet inspiré par le diable ou par mon bon génie.

Pendant tout ce temps, je m'efforçai de me concilier les trois créanciers qui m'importunaient tant.
A la fin j'y réussis : je vendis une grande partie
de mon mobilier pour payer la moitié de la créance,
et leur promis de solder la différence après la
réussite d'un projet que j'avais en tête et qui néces-
sitait leurs services. Par ce moyen, — c'étaient des
gens très ignorants, — ils entrèrent facilement dans
mes vues.

Quand j'eus pris ces arrangements, ma femme
m'aida, dans le plus grand secret, à vendre le peu
de bien qui nous restait, et moi sous différents pré-
textes, j'empruntai pas mal d'argent, sans m'in-
quiéter le moins du monde, je l'avoue à ma honte,
comment je pourrais le rembourser.

Mes ressources s'étant accrues par ces moyens, je
je me procurai, à diverses reprises plusieurs pièces
de très belle batiste, de douze yards chacune, de la
ficelle, du vernis, du caoutchouc, un panier d'osier
vaste et profond, fait sur commande, et quelques
autres articles nécessaires pour construire et équi-
per un ballon de dimensions extraordinaires. Ma
femme le confectionna le plus promptement possible, d'après les instructions que je lui donnai sur
la manière de procéder.

Pendant ce temps, j'employai ma ficelle à fabri-
quer un filet suffisamment grand, auquel j'adaptai
un cerceau et des cordes; enfin j'achetai des ins-

truments et des matières nécessaires pour faire des
expériences dans les hautes régions de l'atmosphère.
Une nuit, je transportai avec une grande prudence
dans un endroit retiré de Rotterdam, à l'est, cinq
barriques munies de cercles de fer, chacune pou-
vant contenir cinquante gallons, et une sixième
beaucoup plus grande; six tubes en fer-blanc de
quatre pieds de long et trois pouces de diamètre,
façonnés *ad hoc ; une substance métallique ou demi-
métal*, que je m'abstiendrai de nommer, en assez
grande quantité, et douze dames-jeannes remplies
d'un acide commun. La combinaison de l'acide et du
demi-métal produit un gaz que moi seul ai fabriqué
jusqu'à ce jour, ou du moins que personne n'a
appliqué à pareil dessein. Je puis dire seulement
ici que ce gaz est *une des parties constituantes de
l'azote* qui jusqu'à ce jour avait été considéré
comme un corps simple Sa densité est moindre
que celle de l'hydrogène d'environ trente-sept fois et
quatre dixièmes. Il est insipide, mais non inodore; à
l'état de pureté, il brule avec une flamme verdâ-
tre; il attaque instantanément la vie animale. Je
livrerais le secret en entier sans aucune difficulté,
mais, comme je l'ai dit, il appartient à un habitant de Nantes, en France, qui me l'a communiqué
sous la condition de ne pas le divulguer.

Le même individu, qui n'était nullement instruit
de mes intentions, m'a également confié un procédé de fabrication des ballons avec un certain tissu

animal presque complétement imperméable aux gaz ; mais ce moyen était pour moi trop coûteux, et puis d'ailleurs il se pouvait fort bien que la batiste enduite de caoutchouc fût aussi bonne. J'ai mentionné cette circonstance, car, selon toutes probabilités, l'individu en question tentera une ascension avec le tissu dont j'ai parlé, et le nouveau gaz ; c'est pourquoi, je ne veux pas le priver de l'honneur d'une découverte si originale.

Au-dessous de chaque barrique je creusai en secret un petit trou : ces trous formaient un cercle de vingt-cinq pieds de diamètre. Au centre du cercle était la grosse barrique, et sous elle je creusai un trou plus profond. Dans chacun des petits trous, je plaçai une boîte de fer blanc contenant cinquante livres de poudre, et dans le grand, une qui en tenait cent cinquante. Le baril et les cinq boîtes furent convenablement reliés par une traînée couverte ; je plaçai dans chaque boîte le bout d'une mèche longue de quatre pieds, je comblai le trou, et posai par-dessus la barrique, laissant dépasser d'un pouce environ l'autre bout de la mèche. Les autres trous furent également comblés, et les barriques mises à la place qu'elles devaient occuper.

Outre les instruments dont je vous ai parlé précédemment, je portai aussi à mon dépôt général un appareil perfectionné de Grimm pour la condensation de l'air. Je m'aperçus que la machine devait être singulièrement modifiée pour pouvoir me servir. Mais avec un travail obstiné et une volonté persévérante, j'achevai bientôt mes préparatifs. Mon ballon était terminé. Il pouvait contenir quarante mille pieds cubes de gaz, et, selon mes calculs de la force ascensionnelle, il pouvait m'enlever moi, tout mon attirail et encore cent soixante-quinze livres de lest. Il avait reçu trois couches de vernis, et je vis que la batiste remplaçait la soie avec avantage : elle était aussi solide et coûtait moins cher.

Tous mes préparatifs étaient terminés. Je fis jurer à ma femme de garder le secret le plus absolu sur tout ce qui s'était passé à la maison depuis ma première visite au bouquiniste, et moi je lui promis de revenir aussitôt que les circonstances me le permettraient. Je lui fis mes adieux et lui laissai le peu d'argent que j'avais. A dire vrai, je n'étais pas inquiet d'elle, car c'est, comme on dit, une maîtresse femme, et j'étais persuadé qu'elle saurait très bien, sans moi, se tirer d'affaires. Elle, de son côté, m'avait toujours regardé, je crois, comme un grand fainéant, un remplissage, un homme bon tout au plus à bâtir des châteaux en Espagne, et mon départ ne lui causait aucune peine. Il faisait très nuit quand je lui fis mes adieux, et avec l'assistance de mes trois créanciers qui me servaient d'aides-de-camp, je portai, par une rue écartée, mon ballon à l'endroit où se trouvaient tous mes appareils. Ils étaient parfaitement intacts, et nous nous mîmes avec courage à la besogne.

C'était le 1er avril. La nuit était fort sombre,
comme je l'ai dit ; pas une étoile ne brillait au ciel,
et nous étions fort incommodés par une brume épaisse
qui tombait par intervalle. J'étais fort inquiet pour
mon ballon, car, malgré l'épaisse couche de vernis,
il commençait à s'allourdir ; je craignais aussi beaucoup que la poudre ne s'avariât. Je fis aussi rude-
ment travailler mes trois coquins : ils pilaient de la
glace autour de la barrique centrale, et agitaient
l'acide dans les autres. Cependant ils m'ennuyaient
fort avec leurs questions : ils voulaient tout savoir,
et se montraient très mécontents de la rude besogne
à laquelle je les soumettais. Mais, disaient-ils, quel
résultat heureux pour nous retirerons-nous de ce
travail ? nous nous serons mouillés la peau unique-
ment pour être complices d'une aussi abominable
incantation. Quant à moi, j'étais très inquiet, aussi
activais-je le plus possible le travail ; ces imbéciles
s'étaient imaginés, je le crois, que j'avais fait un
pacte avec le diable, et tout ce que je faisais les
rassurait médiocrement. J'avais grand peur qu'ils
ne m'abandonnassent au milieu de mes opérations.
Je leur promis qu'ils seraient payés jusqu'au dernier sou quand le travail serait terminé et mené à
bonne fin. Ils interprétèrent mes paroles comme ils
l'entendirent, croyant sans doute que j'allais, par
ces opérations, être mis en possession d'une grande
masse d'argent; et ils s'inquiétaient fort peu de ce
que deviendraient mon âme et mon corps pourvu que

je leur payasse ma dette et quelque chose en plus
comme salaire de leur travail.

Au bout de quatre heures et demie, le ballon me
parut suffisamment gonflé. J'y accrochai la nacelle
et je la garnis de tous mes instruments : un télescope, un baromètre modifié d'une façon importante,
un thermomètre, un électomètre, un compas, une
boussole, une montre à secondes, une cloche, un
porte-voix, etc., etc., ainsi qu'un globe de verre
hermétiquement fermé où j'avais fait le vide. J'em-
portais aussi l'appareil condensateur, de la chaux
vive, de la cire à cacheter, une abondante privi-
sion d'eau, et des vivres en quantité, tels que du
pemmican qui, sous un petit volume, contient une
énorme matière nutritive. Je pris aussi avec moi
une chatte et une couple de pigeons.

Le jour allait bientôt paraître : il était temps de
partir. Comme par hasard, je laissai tomber à terre
mon cigare allumé, et en me baissant pour le ramasser, j'allumai le bout de la mèche qui, comme
je l'ai dit, dépassait le bord inférieur des barriques.

Mes trois créanciers ne s'aperçurent nullement de
la manœuvre; je sautai dans la nacelle, coupai la
corde qui retenait le ballon et fus, à ma grande
joie, enlevé avec une rapidité merveilleuse. J'avais
cent soixante-quinze livres de lest en plomb : le
ballon aurait pu en enlever le double. Quand je
quittai la terre, le baromètre marquait trente pouces
et le thermomètre centigrade 19 degrés.

A peine étais-je monté à une hauteur de cinquante yards que j'entendis au-dessous de moi une détonation formidable, et que je fus entouré de feu, de gravier, de bois et de métal enflammés et mêlés à des membres humains déchirés. Je sentis mon cœur défaillir ; et, tremblant de peur, je me jetai au fond de la nacelle.

Je compris alors que j'avais trop chargé la mine, et que j'allais encore avoir à en subir les conséquences. En un instant tout mon sang reflua aux tempes et soudain une commotion telle que je ne l'oublierai jamais éclata dans les ténèbres et sembla déchirer en deux le ciel lui-même. Plus tard, en réfléchissant, je compris que la violence de l'explosion tenait, quant à moi, à ma position directement au-dessus de la mine, et dans la ligne où son action se fait sentir avec le plus de violence. Mais en ce moment je ne songeais qu'à ma vie et aux moyens de la sauver. Le premier effet fut d'affaisser le ballon, puis de le dilater démesurément; alors il se mit à pirouetter avec une vélocité incroyable, à vaciller, à rouler comme un homme ivre, et à la fin me jeta par-dessus le bord de la nacelle. Par hasard je restai suspendu à une épouvantable hauteur, la tête en bas, à une corde assez mince, longue de trois pieds qui passait par un trou près du fond de la nacelle, et dans laquelle mon pied s'engagea fort heureusement. On ne peut pas se figurer quelle était ma position : c'était horrible.

J'ouvrais convulsivement la bouche pour respirer, un frisson semblable à un accès de fièvre m'agitait tout le corps, je sentais mes yeux jaillir hors de leur orbite, une nausée horrible s'empara de moi, et je m'évanouis complétement.

Je ne sais combien de temps je restai dans cette position : ce temps dût être assez long, car, quand je revins à moi, le jour se levait. Le ballon se trouvait à une hauteur prodigieuse au-dessus de l'Océan, et à perte de vue, je ne pouvais apercevoir de terre. J'aurais cru, en recouvrant l'usage de mes sens, éprouver des sensations plus douloureuses que celles que je ressentis. En réalité, j'examinai ma position d'une manière si calme, que c'était une vraie folie. Je portai, l'une après l'autre, mes deux mains devant mes yeux, et fus fort étonné de voir mes veines gonflées et mes ongles noircis. Puis, ayant eu l'horrible idée que ma tête était devenue aussi grosse que mon ballon, je la secouai à plusieurs reprises, la tâtai minutieusement et reconnus que je m'étais heureusement trompé. Ensuite, comme j'en ai l'habitude, je portai les mains aux poches de ma culotte : j'avais perdu mon étui à cure-dents et mon calepin; j'essayai de comprendre comment ils avaient disparu, et fus vivement contrarié de ne pouvoir y arriver. Alors il me sembla que ma cheville gauche était extraordinairement douloureuse, et je commençai à avoir conscience de ma situation.

Ce qui est le plus bizarre, c'est que je ne fus ni étonné ni effrayé. Bien plus je songeai avec satisfaction à l'adresse qu'il me faudrait déployer pour me tirer de ma position, et je ne doutai pas une seconde que je ne puisse me sauver. Je réfléchis profondément pendant quelques minutes, et même je me rappelle que j'ai souvent serré les lèvres, appliqué mon index sur ma narine, et pratiqué les gestes et grimaces des gens qui méditent sur des affaires importantes et embarrassées, assis commodément dans un bon fauteuil.

Quand j'eus suffisamment réfléchi, je portai avec des précautions infinies mes mains derrière mon dos et détachai la grosse boucle de fer qui attache la ceinture de ma culotte. Elle était tellement rouillée que les trois grandes dents qui la composent tournaient difficilement sur leur axe. Cependant avec une grande patience, je les amenai à former avec le reste de la boucle un angle droit, et grande fut ma joie de voir qu'elles restaient fermes dans cette position. Ensuite tenant mon instrument dans ma bouche, je m'appliquai à dénouer le nœud de ma cravate. La manœuvre était pénible, et je fus obligé plusieurs fois de m'arrêter; mais enfin je réussis. A une extrémité j'assujettis la boucle, et, pour plus de sécurité, je nouai fortement l'autre bout autour de mon poignet. Déployant alors une force musculaire prodigieuse, je soulevai mon corps et, par bonheur, réussis du premier coup à jeter la boucle dans la nacelle et à l'accrocher, comme je l'espérais, dans le rebord circulaire en osier.

Mon corps faisait avec la nacelle un angle de quarante-cinq degrès; il ne faut pas croire que l'angle était de quarante-cinq degrés au-dessous de la perpendiculaire à la paroi de la nacelle; nullement, j'étais placé dans un plan à peu près parallèle à l'horizon, car en prenant la nouvelle position que j'occupais, mes mouvements avaient chassé d'autant le fond de la nacelle, de sorte que ma situation était des plus périlleuses.

Mais supposez maintenant, qu'en tombant de la nacelle, je me fusse trouvé la figure vers le ballon, au lieu de l'avoir en sens inverse, comme je l'avais, — ou bien que la corde à laquelle j'étais accroché eût pendu du haut de la nacelle au lieu de passer par une crevasse du fond, j'aurais été dans l'impossibilité d'accomplir un pareil miracle, et ces révélations si intéressantes eussent été perdues. J'avais toutes sortes de raisons de bénir la Providence, mais telle était ma stupéfaction que je demeurai un quart d'heure dans une contemplation idiote, sans faire le moindre mouvement, et cependant j'étais dans une dangereuse position. Mais cette disposition de mon esprit ne fut pas de longue durée, et bientôt un sentiment d'horreur, d'effroi, de désespoir absolu et de mort certaine m'envahit. La cause de ce changement provenait de ce que le sang dont la longue affluence dans la tête avait produit en moi une sorte de délire, commençait à refluer et à reprendre son cours habituel. A mesure que je devenais plus clairvoyant la conception du danger ne servait qu'à me priver du sang-froid et du courage nécessaires pour l'affronter. Mais, heureusement, cette faiblesse fut de courte durée; le désespoir me redonna de l'énergie, et à plusieurs reprises, par une secousse générale je m'élançai convulsivement en poussant des cris frénétiques, jusqu'à ce qu'enfin, accrochant au bord de la nacelle mes doigts qui le serrèrent avec plus de force qu'un étau, je tortillai mon corps par-dessus et tombai, la tête en avant, tout pantelant au fond de la nacelle.

Je restai quelque temps sans être assez maître de moi pour m'occuper de mon ballon. Mais en l'examinant, je reconnus avec une grande joie qu'il n'avait éprouvé aucune avarie. Mes instruments étaient sains et saufs, et lest et provisions étaient à leur place. Un accident arrivé à ces derniers m'eût fort étonné car je les avais solidement assujettis. Je regardai ma montre, il était six heures. Mon ascension se faisait avec une grande rapidité, et le baromètre accusait une élévation de trois milles trois quarts. Juste au-dessous de moi, apparaissait, dans l'Océan, un objet noir, de forme allongée, de la grandeur d'un domino et d'une ressemblance frappante, à tous égards, avec l'un de ces jouets. Je braquai mon télescope dans sa direction : c'était un vaisseau anglais de quatre-vingt-quatorze canons, tanguant lourdement dans l'Océan, au plus près du vent, et le cap à l'ouest-sud-ouest. Sauf ce navire, je ne vis rien que l'Océan, le ciel, et le soleil levé déjà depuis longtemps.

Il est nécessaire que j'explique maintenant à Vos Excellences le but de mon voyage. Ainsi que j'ai eu l'honneur de le dire à Vos Excellences, ma situation à Rotterdam était si déplorable que j'avais songé à la terminer par un suicide. A la vérité je n'étais pas dégoûté de la vie elle-même, mais j'avais assez des misères de ma situation. Dans cette disposition d'esprit, et désirant encore vivre, ma lecture chez le bouquiniste et la découverte de mon cousin de Nantes me fournit un moyen de tout concilier. Ma résolution fut bientôt prise : je voulais partir et vivre, quitter le monde, mais non la vie, en un mot, pour couper court aux énigmes, je résolus de me frayer, si c'était possible, un chemin *jusqu'à la lune.*

Mais je ne veux pas passer pour plus fou que je ne le suis, aussi je vais expliquer à Vos Excellences, en détail et le plus clairement possible, les circonstances qui m'induisirent à croire que ce voyage n'était pas impossible, quoique cependant il fût rempli de dangers; mais un esprit audacieux peut tout surmonter.

La première chose à considérer est la distance de la terre à la lune. La distance moyenne ou approximative entre les centres des deux planètes

est de cinquante-neuf fois, plus une fraction, le
rayon équatorial terrestre, soit 237,000 milles environ. Je dis la distance moyenne ou approximative,
mais, Vos Excellences comprendront que l'orbite
lunaire ayant la forme d'une ellipse dont l'excentricité (1) n'est pas moins de 0,05484 de son demi-
grand axe, et le centre de la terre occupant un foyer
de cette ellipse, si je pouvais d'une manière quelconque atteindre la lune au moment de son périgée
la distance ci-dessus évaluée serait diminuée d'une
façon très sensible. Mais, laissant de côté cette
hypothèse, il me fallait toujours déduire de cette
distance de 237,000 milles, le rayon de la terre,
soit 4,000 milles et celui de la lune soit 1,080, en
tout 5,080 milles. La distance qui me resterait à
franchir serait donc de 231,920 milles. Cet espace,
pensai-je, n'est vraiment pas extraordinaire. Sur terre
on a fait bien souvent des voyages où l'on parcou-
rait 60 milles à l'heure, et il est bien certain que
l'on arrivera à une rapidité plus considérable; mais
avec la vitesse dont j'ai parlé, 161 jours suffiraient
pour atteindre la lune.

De nombreuses circonstances me poussaient à
croire que la vitesse moyenne de mon voyage dé-
passerait 60 milles à l'heure; ces considérations

On appelle *excentricité* d'une ellipse le rapport qui existe entre la distance d'un foyer au centre et le demi-grand axe de l'ellipse. On appelle
foyer deux points du grand axe tels que la somme des distances d'un
point quelconque de l'ellipse à ces deux points est une quantité cons-
tante, égale au grand axe.

causaient une impression profonde sur mon esprit,
et je me propose d'en donner, dans la suite, une
explication plus ample.

Un autre point très important était aussi à considérer. D'après les indications fournies par le baromètre, nous savons qu'en s'élevant à une hauteur
de 1,000 pieds, on laisse au-dessous de soi la
trentième partie environ de la couche de fluide
atmosphérique qui entoure la terre ; à 10,600 pieds,
on arrive à peu près au tiers de cette couche ; et enfin à
18,000 pieds, qui est la hauteur du Cotopaxi, on a
dépassé la moitié de la masse fluide, ou, en tout
cas, la moitié de la masse fluide pondérable qui
entoure notre globe. On a de plus trouvé au moyen
de calculs qu'à une hauteur de 80 milles, hauteur
qui est sensiblement la centième partie du diamètre terrestre, l'air est à un tel degré de raréfaction, que la vie animale y est impossible ; et de
plus qu'il est impossible, même en se servant des
moyens les plus subtils qui soient en notre pouvoir,
de constater la présence de l'atmosphère. Une réflexion me vint à l'esprit : ces calculs étaient évidemment basés sur la connaissance que nous avons
des lois de dilatation et de compressibilité de l'air
dans une partie plus proche de la terre, si je puis
ainsi m'exprimer par comparaison. On admet de
plus comme un principe évident qu'à un endroit
donné, mais inaccessible, la vie animale est et doit
être totalement et essentiellement incapable de modi-

fications. Mais, dans l'espèce et avec de pareilles
données on raisonne par analogie. La plus grande
hauteur où soit parvenue une expédition aéronau-
tique est 25,000 pieds, hauteur atteinte par MM. Gay-
Lussac et Biot. Or, comparée aux 80 milles en
question, cette hauteur est relativement peu de
chose ; et je ne pus m'empêcher de penser que la
question laissait place au doute, et donnait aux
conjectures une grande latitude.

Supposons une ascension faite à une hauteur quelconque : en fait, la quantité d'air pondérable traversée
dans toute la période précédente de l'ascension
n'est nullement, comme on a pu le voir d'après ce
que j'ai énoncé, en proportion avec la hauteur
additionnelle acquise, mais plutôt en raison constamment décroissante. Il est donc évident qu'en
nous élevant à la plus grande hauteur possible,
nous n'arriverons jamais à trouver, littéralement parlant, une limite au-delà de laquelle l'atmosphère
cesse totalement d'exister. Cette atmosphère, con-
cluai-je *doit exister,* quoiqu'elle *puisse* n'exister qu'à
un degré de raréfaction infinie.

D'autre part, je connaissais de nombreux argu-
ments pour prouver que notre atmosphère est limitée, et qu'au-delà de cette limite il n'y a pas d'air
respirable. Mais ceux qui soutiennent cette opinion
laissent de côté une circonstance qui, si elle ne
réfute pas d'une manière péremptoire leur doctrine,
n'en est pas moins un point de sérieuse investigation.

Comparons les intervalles qui s'écoulent entre les retours successifs de la comète d'Encke à son périhélie (1), en tenant compte de toutes les perturbations qu'exercent sur elle les attractions des planètes, et nous verrons que ces périodes vont en décroissant, c'est-à-dire que le grand axe de l'orbe elliptique de la planète va en diminuant d'une façon lente, mais régulière. Or si nous supposons la résistance éprouvée par la comète dans *un milieu éthéré excessivement rare*, c'est précisément le cas qui aura lieu. Il est donc évident que la vitesse serait diminuée par l'existence d'un pareil milieu qui doit accroître la force centripète en affaiblissant la force centrifuge. En d'autres termes l'attraction solaire devient de plus en plus puissante, et la comète s'en rapproche à chaque révolution. C'est vraiment le seul moyen qu'il y ait de se rendre compte de ce phénomène de variation.

Mais voici un autre fait : d'après plusieurs observations, le diamètre réel de la partie nébuleuse de la comète se contracte rapidement en approchant du soleil, et se dilate avec une rapidité aussi grande quand la comète repart vers son aphélie. M. Valz, à l'avis duquel je me suis rangé, pense que cette condensation apparente de volume provient de l'existence de ce milieu éthéré dont la densité devient

(1) On appelle *périhélie* le point de l'orbite d'une planète le plus rapproché du soleil. L'*aphélie* est au contraire le point le plus éloigné de cette orbite.

plus grande en avançant davantage vers le soleil.
Il faut aussi prêter son attention à un phénomène
qui affecte la forme d'une lentille : je veux parler
de la lumière zodiacale. Cette lumière qu'on ne voit
que sous les tropiques et qu'il est impossible de
confondre avec une lumière météorique quelconque,
s'élève obliquement au-dessus de l'horizon et suit,
en général, la ligne de l'équateur solaire. Selon
moi, elle provient d'une atmosphère excessivement
rare qui s'étend entre le soleil et l'orbe de Vénus,
et même indéfiniment plus loin. Que ce milieu fût
confiné dans l'orbite d'une comète ou s'étendît seulement à proximité du soleil, cela me semblait impossible. Il était bien plus simple d'imaginer ce milieu
éthéré répandu dans tout l'espace, condensé en
atmosphère autour des planètes, modifié peut-être
chez quelques-unes par des circonstances purement géologiques, c'est-à-dire varié ou modifié
dans ses proportions, ou dans son essence par des
parcelles volatilisées, émanant de leur globe respectif.

Ayant compris la question sous ce point de vue,
je n'avais pas à hésiter. En supposant que je rencontre un milieu *essentiellement* semblable à notre
atmosphère, je pourrais, au moyen de l'ingénieux
appareil de M. Grimm, le condenser en quantité
suffisante pour être respirée : dès lors le principal
obstacle au voyage dans la lune était mis de côté.
J'avais dépensé un peu d'argent et beaucoup de
peine pour faire subir à l'appareil de M. Grimm les

modifications nécessaires à mon but, et j'avais pleine
confiance, pourvu que je pusse faire le voyage dans
un temps assez court. Restait donc la question de
vitesse.

Au début de l'ascension, les ballons s'enlèvent
avec une vitesse assez modérée, comme tout le monde
le sait. Or la pesanteur de l'air ambiant comparé au
gaz du ballon constitue la force ascensionnelle. A
première vue, il ne paraît pas du tout possible que
la vitesse puisse s'accroître à mesure que le ballon
arrive dans des couches de l'atmosphère de moins
en moins denses. D'un autre côté, je ne me sou-
venais pas que, dans un compte-rendu d'une ascension précédente, l'on eût remarqué une diminution
sensible de vitesse, diminution occasionnée par la
fuite du gaz à travers un ballon mal confectionné,
mal enduit de vernis, ou par toute autre cause. Il
me semblait que l'effet de cette perte de gaz pouvait seul contrebalancer la vitesse de l'ascension à
mesure que le ballon s'éloignait de son centre de
gravitation. Or, pourvu que dans mon voyage je
rencontrasse le *milieu* que j'avais imaginé, que son
essence fût la même que celle de notre atmosphère,
il importait relativement assez peu qu'il fut à tel ou
tel degré de raréfaction, c'est-à-dire relativement
à ma force ascensionnelle; en effet, non-seulement
le gaz du ballon serait raréfié à un pareil degré, —
et dans cette circonstance, je n'avais, pour prévenir
une explosion, qu'à lâcher une quantité suffisante

de gaz , — mais encore, par la nature intégrante
de ses parties , il serait toujours moins dense qu'un
composé d'azote et d'oxygène. Il y avait donc une
chance, — même une probabilité, — *pour qu'à
aucune période de mon ascension je n'arrivasse à
un point tel que le poids de la masse atmosphérique
déplacée fût égalée par le poids de mon ballon, du
gaz qu'il contenait à un point extrême de raréfaction, de la nacelle et de son contenu.* C'était là
l'unique condition qui pût m'empêcher de partir.
Mais, en supposant que j'atteignisse ce point ima-
ginaire, j'avais encore un poids de 300 livres en
lest et autres objets, dont je pouvais me débarrasser.

En outre, la force centripète devait décroître constamment en raison du carré des distances, de sorte
que la vitesse prodigieusement accélérée de mon ballon m'amènerait enfin dans ces régions où la force
attractive de la lune s'exerce substituée à celle de
la terre.

J'avais de graves inquiétudes au sujet d'une autre
difficulté. Lorsque l'on monte à une hauteur considérable , on a remarqué une grande gêne dans la
respiration, et de plus on ressent dans la tête et
dans le corps un grand malaise qu'accompagnent
toujours des saignements de nez et autres symptômes qui ne laissent pas que d'alarmer, et qui de-
viennent plus insupportables à mesure que l'on
monte. A vrai dire, cette considération m'effrayait

assez. Je craignais même que ces symptômes n'augmentassent jusqu'à occasionner la mort. Cependant je réfléchis longuement sur ce sujet, et j'arrivai à penser que ce n'était pas vraisemblable. L'origine de ces symptômes provient évidemment de la diminution de la pression atmosphérique sur notre corps, pression à laquelle nous sommes habitués, et de la distension inévitable des vaisseaux sanguins superficiels, mais non d'une désorganisation positive du système animal, comme dans le cas d'une respiration difficile alors que la rénovation du sang dans les ventricules du cœur est devenue impossible par l'insuffisance chimique de la densité atmosphérique. Si nous exceptons ce cas où le sang ne peut se renouveler, je ne vois aucune raison pour que la vie ne se maintienne pas, même dans le vide : en effet, ce qu'on appelle ordinairement la respiration, c'est-à-dire la dilatation et la compression de la poitrine, n'est qu'une action purement musculaire : c'est l'effet et non la cause de la respiration. En un mot, je concevais que les sensations douloureuses qu'on éprouvait devaient diminuer à mesure que le corps s'habituerait à l'absence de la pression atmosphérique (1). Je comptais beaucoup

---

(1) Cette théorie a été confirmée, après la première publication de cette nouvelle, par M. Green, le célèbre aéronaute du ballon le *Nassau*, et d'autres expérimentateurs qui, contrairement aux assertions de M. de Humboldt, parlent de la décroissance du malaise éprouvé à mesure que l'on monte.

sur ma robuste constitution et mon tempérament de fer pour supporter ces incommodités.

Je viens d'exposer quelques-unes des considérations, mais pas toutes, croyez-le bien, qui m'engagèrent à exécuter ce voyage dans la lune. Je vais maintenant exposer à Vos Excellences le résultat d'une entreprise qui paraît d'une audace si extraordinaire dans sa seule conception, et qui, dans tous les cas, est unique dans son genre.

Arrivé à la hauteur dont j'ai parlé, c'est-à-dire à trois milles trois quarts, je jetai une poignée de plumes dans l'espace, et constatai avec plaisir que je montais avec une grande rapidité. Je n'avais donc pas besoin de jeter de lest, et j'en fus encore bien aise, car je désirais en garder le plus possible, n'ayant aucune notion certaine sur la puissance attractive de la lune et sur la densité de l'atmosphère qui l'environne. Je n'éprouvais aucun malaise physique : la respiration était parfaitement libre, et la tête ne me faisait pas souffrir. La chatte était fort tranquillement couchée sur mon habit que j'avais ôté, et regardait nonchalamment les pigeons qui, attachés par la patte de peur qu'ils ne s'envolassent, picoraient quelques grains de riz que j'avais, à leur intention, éparpillés au fond de la nacelle.

A six heures vingt, je consultai le baromètre : il accusait une hauteur de 26,400 pieds, soit cinq milles, à une fraction près. La perspective apparaissait illimitée. La trigonométrie sphérique me

fournissait un moyen extrêmement facile de calculer
l'étendue de la portion de la terre qu'embrassait mon
regard. La surface convexe d'un segment sphérique
est à la surface entière de la sphérique comme le
sinus verse du segment est au diamètre de la
sphère (1). Dans le cas présent le sinus verse, qui
est l'épaisseur du segment, était à peu près égal à
la hauteur ou à l'élévation du point de vue où je
me trouvais. Le rapport de cinq milles à huit
milles représente donc la surface de la portion de
la terre que je voyais, et cette étendue est la seize
centième partie de la surface totale du globe. La
mer me paraissait polie comme une glace, cependant en l'observant au télescope, je m'aperçus
qu'elle était singulièrement agitée. Le vaisseau que
je voyais auparavant avait disparu : il avait probablement dérivé vers l'est. Ma respiration était
encore libre, cependant j'éprouvais de temps en
temps de violentes douleurs de tête. J'observais la
chatte et les pigeons : ils ne paraissaient être nullement incommodés.

A sept heures moins vingt, mon ballon pénétra
dans un vaste nuage fort épais qui me causa beau-

(1) On appelle *segment*, en géométrie plane, la portion d'un cercle
comprise entre l'arc et la corde. Le *segment sphérique* est la portion de
la sphère comprise entre deux plans sécants On appelle *sinus* le rapport
au rayon de la perpendiculaire abaissée d'une extrémité d'un arc sur
le rayon qui passe par l'autre extrémité, ou, si on prend le rayon
pour unité, le sinus est la perpendiculaire elle-même. Le *sinus verse*
est la partie du rayon comprise entre le pied du sinus et l'extrémité
de l'arc.

coup d'ennuis : mon appareil condensateur fut fort endommagé de ce contact, et moi-même je fus trempé jusqu'aux os. Je m'étonnai fort de rencontrer un pareil nuage à une telle hauteur, car je n'aurais pas cru que sa densité lui permît de rester dans des régions aussi élevées. Pour sortir au plus vite de ce nuage, je jetai deux morceaux de lest pesant chacun cinq livres, ce qui réduisait ma provision à cent soixante-cinq livres. Grâce à cette opération, je me trouvai avoir bientôt franchi l'obstacle ; ma vitesse s'accrût même dans de grandes proportions. J'étais à peine sorti du nuage qu'un éclair immense l'illumina d'un bout à l'autre et lui donna l'aspect d'un charbon en ignition. Ceci se passait en plein jour, comme j'ai eu l'honneur de le dire à Vos Excellences, mais je crois qu'aucune pensée ne pourrait exprimer la sublimité de ce phénomène se produisant au milieu de la nuit. C'est un spectacle tel que l'enfer seul doit en présenter. Tel que je le vis, il fit dresser mes cheveux sur ma tête. Je plongeais mes regards dans les abîmes béants de ce nuage ; mon imagination errait sous des voûtes étranges et immenses, dans des gouffres empourprés, dans les abîmes rouges et sinistres d'un feu effrayant et insondable. Je l'avais échappé belle. Une minute de plus dans le nuage, et j'étais, selon toutes probabilités, réduit en cendres sans cette bienheureuse incommodité qui me fit jeter quelques livres de lest. De pareils dangers attirent peu l'attention, et cependant ce sont peut-être les plus grands que l'on ait à redouter. Mais j'étais maintenant à une telle hauteur que je n'avais aucune inquiétude à ce sujet.

Mon ascension continua avec rapidité : à sept heures, le baromètre accusait une hauteur de neuf milles et demi. Ma respiration devenait de plus en plus difficile, ma tête de plus en plus lourde, et sentant sur mes joues une légère humidité, j'y portai la main et découvris que c'était du sang qui suintait du tympan de mes oreilles. J'avais aussi de grandes inquiétudes au sujet de mes yeux. En passant la main dessus, il me sembla qu'ils étaient sortis de leur orbite, et même assez considérablement : ma vision était faussée totalement, et le ballon, les objets de la nacelle, tout, en un mot, prenait des apparences fantastiques et monstrueuses. Je ne m'attendais pas à des symptômes aussi violents, et j'en fus très alarmé. Dans cette circonstance, imprudemment, sans réflexion, je jetai dans l'espace trois morceaux de lest pesant chacun cinq livres. La vitesse de mon ascension fut très accélérée, et, sans gradation, m'emporta dans une couche d'air singulièrement raréfiée, ce qui faillit terminer tragiquement mon voyage. Un spasme, qui dura cinq minutes, s'empara de moi, et même quand il eut cessé, je ne pouvais aspirer l'air qu'à de longs intervalles convulsivement ; je saignais abondamment par le nez, les oreilles et légèrement par les yeux. Les pigeons étaient en proie à une angoisse mortelle, et se débattaient pour s'échapper. La chatte miaulait douloureusement, et vacillait en marchant comme sous l'influence d'un poison. Nous formions un triste tableau.

Je compris qu'en jetant mon lest j'avais commis une grande imprudence, mais trop tard, malheureusement, et je fus très troublé. J'attendais la mort, et une mort instantanée, pour ainsi dire. Je souffrais beaucoup physiquement, et ces souffrances me rendaient incapable de tenter le moindre effort pour me sauver. A peine pouvais-je réfléchir, et mon mal de tête augmentait de minute en minute. Mes sens allaient bientôt m'abandonner complétement, et déjà j'avais saisi la corde pour ouvrir la soupape, quand le souvenir de mes trois créanciers et du tour que je leur avais joué, tour dont les suites pouvaient être fort désagréables pour moi, m'effrayèrent et m'empêchèrent tout d'abord de tirer la corde. Je me couchai au fond de la nacelle et m'efforçai de rassembler mes esprits. J'y réussis un peu, et songeai à me saigner.

Je n'avais pas de lancette, aussi j'opérai tant bien que mal avec la lame de mon canif : à la fin je réussis à m'ouvrir une veine du bras gauche. A peine le sang avait-il commencé à couler que je fus notablement soulagé, et après en avoir perdu à peu près la valeur d'une demi-cuvette de dimensions ordinaires, les symptômes les plus dangereux disparurent presque entièrement. Pensant qu'il n'était pas prudent de me remettre aussitôt sur pieds, je bandai mon bras le mieux possible et restai immobile pendant un quart d'heure environ au fond de ma nacelle. Au bout de ce temps, je me levai : j'étais plus libre et mieux disposé, enfin depuis une heure et quart je ne m'étais pas trouvé autant à mon aise.

La respiration était encore difficile, et je songeai que j'aurais bientôt besoin du condensateur. Je regardai la chatte : elle était commodément installée sur mon habit, et avait, pendant mon indisposition, mis au jour une portée de cinq petits. Je ne m'attendais nullement à recueillir des passagers pendant mon voyage, cependant cette aventure me causa du plaisir. En somme elle me permettait de vérifier une des suppositions qui m'avaient le plus décidé à tenter mon voyage.

Selon moi, les douleurs que l'on éprouve à une certaine distance au-dessus de la surface de la terre proviennent de *l'habitude* qu'on a de la pression atmosphérique sur cette surface. Ma théorie était fausse si les petits chats étaient incommodés *au même degré que leur mère*, mais le cas contraire confirmait mon idée.

A huit heures, j'étais arrivé à une hauteur de dix-sept milles. Ma vitesse ascensionnelle augmentait sensiblement, et même il me sembla que le même effet se serait produit si je n'avais pas jeté de lest. De temps en temps j'éprouvais encore de violentes douleurs à la tête et aux oreilles, les saignements de nez me reprenaient, mais, en somme, ces douleurs n'étaient pas aussi insupportables que celles que j'avais ressenties auparavant. Cependant la respiration devenait de plus en plus difficile, et, après chaque inhalation, ma poitrine était agitée par un mouvement spasmodique des plus fatigants. Je déployai alors mon appareil condensateur pour le faire fonctionner immédiatement.

A cette période de mon ascension, la terre présentait un coup d'œil magnifique. A l'ouest, au nord, au sud, aussi loin que ma vue s'étendait, je n'apercevais qu'une nappe immobile et illimitée de mer dont la teinte bleue devenait de minute en minute plus foncée. Au loin à l'est, les Iles Britanniques s'allongeaient très distinctement, ainsi que les côtes de France, d'Espagne et une faible partie du littoral africain. Les édifices particuliers étaient invisibles, et les plus orgueilleuses cités ne laissaient pas de traces sur le continent.

Ce qui m'étonna le plus fut de voir la surface du globe m'apparaître concave. Dans ma simplicité, je m'étais figuré naïvement que la convexité de la terre se manifesterait à mesure que je monterais plus haut. Cependant après réflexion, je me rendis compte de ce phénomène. Si j'abaissais une perpendiculaire à la surface de la terre du lieu où je me trouvais, elle formerait un côté d'un triangle rectangle dont la base irait du pied de la perpen-

diculaire à l'horizon, et l'hypoténuse de l'horizon
au point où se trouve le ballon. Si je comparais
l'élévation à l'étendue embrassée par mon regard,
celle-ci n'est rien ou presque rien, de telle sorte
que l'hypoténuse et la base du triangle supposé
pourraient être considérées comme parallèles. Alors,
comme conséquence du parallélisme de ces deux
lignes droites, l'horizon paraît au niveau du ballon.
Mais en outre, le point situé sur la terre au-dessous
du ballon paraît et est effectivement à une grande
distance, donc naturellement il paraît fort au-dessous
de l'horizon qui est au niveau de la nacelle. De là
cette impression de concavité, et cette impression
durera jusqu'à ce que l'élévation soit suffisante
pour que, relativement à la perspective, le parallélisme de la base du triangle et de l'hypoténuse soit
entièrement détruit.

Les pigeons semblaient souffrir beaucoup, aussi
je résolus de leur donner la liberté. Le premier
que je déliai était un superbe pigeon gris saumon :
je le plaçai sur le bord de la nacelle. Il paraissait
excessivement mal à l'aise, regardait autour de lui,
battait des ailes, roucoulait, mais ne pouvait se
décider à s'élancer hors du ballon. Je le pris et le
lançai à cinq ou six yards de la nacelle. Je m'attendais à le voir descendre ; cependant il fit de violents efforts pour rattraper le ballon en poussant
des cris aigus et perçants. Enfin il parvint à se
replacer sur le bord du panier, mais il inclina la

tête sur sa gorge et tomba mort au fond de la nacelle. Le sort de l'autre fut tout différent. Pour l'empêcher d'imiter son camarade, et de revenir au ballon, je le lançai de toutes mes forces dans la direction de la terre; je le vis alors descendre avec une grande rapidité en se servant de ses ailes avec facilité. Je le perdis de vue en peu de temps, et je ne doute pas qu'il ne soit revenu sain et sauf sur terre. La chatte semblait être bien remise de son indisposition et se régalait du malheureux pigeon, après quoi elle s'endormit tranquillement et avec toutes les apparences de la satisfaction. Les petits chats vivaient parfaitement et semblaient ne ressentir aucun malaise.

A huit heures et quart, je ne pouvais respirer sans souffrir horriblement, aussi je me mis à ajuster autour de la nacelle l'appareil attenant au condensateur. Cet appareil a besoin d'être décrit, et je me permettrai de rappeler à Vos Excellences que mon but était de m'enfermer complétement avec la nacelle pour me soustraire à l'atmosphère singulièrement raréfiée au milieu de laquelle je me trouvais. Alors, au moyen de mon appareil, je devais introduire dans l'intérieur de l'air suffisamment condensé pour pouvoir y respirer librement.

A cette intention, j'avais préparé un vaste sac de caoutchouc très flexible et, en même temps, très solide et imperméable. La nacelle se trouvait entièrement enveloppée dans ce sac dont les dimensions

avaient été calculées à cet effet : le sac passait
en dessous de la nacelle, s'étendait sur les bords
et montait le long des cordes, extérieurement,
jusqu'au cerceau où le filet était fixé. Je déployai
le sac, fermai hermétiquement tous les côtés et me
préparai à assujettir le haut du sac ; pour cela il
fallait faire passer le caoutchouc au-dessus du cerceau, autrement dit entre le filet et le cerceau.
Une difficulté se présentait : si je détachais le filet
du cerceau, comment la nacelle pourrait-elle se
soutenir ? Le filet n'était pas fixé au cerceau d'une
manière permanente ; il était attaché par une série
de brides mobiles ou nœuds coulants. Je dénouai
donc un petit nombre de ces brides, de telle sorte
que la nacelle était supportée par les autres. Puis
je fis passer le plus possible de la partie supérieure
du sac et je rattachai les brides. Comme l'enveloppe de caoutchouc me mettait dans l'impossibilité
de les fixer au cerceau, j'avais cousu sur l'enveloppe
une série de gros boutons à trois pieds environ
au-dessous de l'ouverture du sac, chaque bouton
correspondant à une bride. Ensuite je détachai
quelques autres brides qui, après le passage d'une
certaine quantité de l'enveloppe, furent solidement
attachées à leurs boutons respectifs. Par ce procédé, je pus faire passer entre le filet et le cerceau
tout le haut du sac.

Le cerceau devait dès lors tomber dans la nacelle
dont tout le poids n'était supporté que par les bou-

tons. Au premier abord, mon système pouvait paraître ne présenter qu'une garantie médiocre, mais il n'y avait aucune raison de s'en défier : les boutons étaient solides, et de plus si rapprochés les uns des autres que chacun ne supportait, en réalité, qu'une très petite fraction du poids. Je n'aurais conçu aucune inquiétude, même avec une nacelle pesant trois fois davantage. Je relevai le cerceau le long des parois de caoutchouc, et l'assujettis avec trois perches légères que j'avais prises à cette intention. Par ce moyen le haut du sac était convenablement distendu, et la partie inférieure du filet était maintenue dans la position voulue. Il ne me restait plus qu'à nouer le haut du sac, ce que je fis avec facilité au moyen de coulants qui rassemblèrent les plis du caoutchouc, et je les liai fortement en les tordant ensemble au moyen d'une espèce de tourniquet à demeure.

Pour pouvoir faire des observations, enfermé dans le sac de caoutchouc, j'avais adapté, dans les parois, trois carreaux de verre ronds, très épais mais très limpides. Au fond du sac était une quatrième lucarne correspondant à une ouverture pratiquée dans le fond de la nacelle et qui me permettait de voir perpendiculairement au-dessous de moi. J'aurais bien désiré avoir une fenêtre analogue pour regarder les objets situés dans mon zénith, mais le genre même de fermeture de l'enveloppe avec tous les plis qu'elle formait, avait rendu ce désir

irréalisable. Mais ce n'était qu'un petit malheur,
car, même au cas où j'aurais pu établir une ouverture, le ballon m'aurait empêché d'en profiter.

A un pied au-dessous d'une des fenêtres latérales
était pratiquée une ouverture circulaire de trois
pouces de diamètre, munie d'un rebord en cuivre
façonné de telle sorte qu'on pût y adapter l'hélice
d'une vis. C'est à ce rebord que se vissait le large
tube du condensateur qui était naturellement placé
à l'intérieur. Le mécanisme et l'idée de cet appareil
sont bien simples. En faisant le vide dans le corps
de la machine, on attire dans ce tube une certaine
quantité d'air atmosphérique qui de là est déversée
dans la chambre à un certain degré de condensation
et se mêle à l'air subtil qu'elle contient déjà. En
répétant cette opération plusieurs fois, on remplit
à la longue la chambre d'une atmosphère assez dense
pour pouvoir être respirée. Mais évidemment, dans
un espace aussi restreint, l'air se vicie promptement et devient dans un temps très court impropre
à entretenir la vie par son introduction dans les
poumons. Il faut alors l'expulser, et pour cela une
petite soupape était pratiquée au fond de la nacelle; l'atmosphère extérieure étant moins dense
que celle de l'intérieur, l'air contenu dans la nacelle
s'échappait promptement au dehors. Mais pour éviter de faire le vide total dans la chambre, l'air ne
devait être expulsé que graduellement, et la soupape une fois fermée, au moyen du condensateur

j'introduisais une quantité d'air égale à celle que j'avais laissé échapper. Par amour des expériences, j'avais placé la chatte et ses petits dans un panier que j'avais suspendu extérieurement à un bouton placé près du fond auprès de la soupape, par laquelle je pouvais leur faire passer de la nourriture.

Cette manœuvre, que je fus obligé d'exécuter avant de fermer l'ouverture de la chambre, ne s'accomplit pas sans difficulté. Je fus obligé de me servir pour atteindre le dessous de la nacelle d'une perche munie d'un crochet. Lorsque l'air se fut condensé dans l'intérieur, il distendit puissamment le caoutchouc et rendit inutiles les perches et le cerceau.

Il était neuf heures moins dix quand j'eus terminé mes arrangements et condensé l'air dans la chambre. Pendant tout le temps que j'employai à prendre ces dispositions, la difficulté de respirer m'avait fait endurer des souffrances horribles, et je me repentais amèrement de ce que, par négligence ou plutôt par une incroyable imprudence, j'eusse tant tardé à m'occuper d'une affaire dont l'importance était si grande.

J'avais à peine terminé mon travail que je ressentis tous les bienfaits de mon invention. Ma respiration redevint libre et les douleurs qui l'accompagnaient disparurent, et vraiment je ne vois pas pourquoi il n'en eût pas été ainsi. Je fus aussi soulagé en grande partie des autres douleurs que je ressen-

tais. J'avais cependant encore un peu mal à la tête,
et j'éprouvais aux poignets , aux chevilles et à la
gorge une sensation de plénitude. Ainsi, il était évident qu'une grande partie de mon malaise provenait de la diminution de pression atmosphérique
puisqu'il disparaissait, et que les effets d'une respiration insuffisante avaient causé toutes mes douleurs.

Avant que j'eusse achevé la clôture de la chambre, à neuf heures moins vingt, le mercure était
retombé dans la cuvette du baromètre qui , comme
je l'ai dit , était d'une vaste dimension. J'étais donc
à une hauteur de 132,000 pieds ou 25 milles ; et ,
par conséquent , mon regard embrassait la 320ᵐᵉ
partie de la terre. A neuf heures, la terre disparut à mes regards vers l'est ; mon ballon dérivait
vers le nord-nord-ouest avec une grande rapidité.
Au-dessous de moi , l'Océan m'apparaissait toujours
concave, mais des nuages qui flottaient çà et là m'en
interceptaient souvent la vue.

A neuf heures et demie, je recommençai l'expérience des plumes et en jetai une poignée par la
soupape. Je m'attendais à les voir voltiger ; mais ,
loin de là , elles tombèrent en masse, perpendiculairement, avec une rapidité si prodigieuse que je
les perdis aussitôt de vue. Ce phénomène extraordinaire me donna à réfléchir ; je ne pouvais admettre que ma vitesse ascensionnelle se fût accrue à ce
point. Mais bientôt je m'expliquai que, l'atmosphère

étant excessivement raréfiée, les plumes ne pouvaient même pas s'y soutenir, qu'elles tombaient en effet avec une grande rapidité, mais que cette vitesse qui m'avait surpris était celle combinée en sens inverse du ballon et des plumes.

A dix heures je n'avais plus rien à faire ni à observer. Mes affaires allaient comme sur des roulettes. Je n'avais aucun moyen de mesurer la vitesse du ballon, mais elle devait être toujours croissante. Je n'éprouvais aucun malaise, et même, depuis mon départ de Rotterdam, jamais je ne m'étais aussi bien trouvé. Mes seules occupations étaient de vérifier mes instruments et de renouveler l'air de ma chambre. Je pris à ce dernier sujet la résolution de ne m'en occuper que toutes les quarante minutes, et encore je le faisais plutôt pour garantir ma santé que par absolue nécessité. Malgré moi, je me livrais à d'étranges suppositions. Ma pensée se reportait toujours sur la lune, et errait à son aise dans ces régions mystérieuses. Mon imagination, que rien ne retenait, se livrait aux écarts les plus fantastiques parmi les merveilles multiformes d'une planète changeante et ténébreuse. Elle s'ébattait dans des forêts aux arbres plusieurs fois centenaires, au milieu de précipices encombrés de rochers, parmi des cascades se précipitant avec fracas dans des abîmes sans fond. D'autres fois j'arrivais dans des solitudes baignées par un soleil du midi; jamais vent n'y soufflait, et à perte de vue s'étendaient des prairies émaillées de milliers de pavots et de longues fleurs assez semblables à nos lis, toutes immobiles et silencieuses pour l'éternité. Ensuite je voyageais longtemps dans une contrée qui n'était qu'un lac ténébreux et vague, entouré d'une frontière nuageuse. Mais ce n'étaient pas les seules images qui se présentassent à mon imagination. Parfois je songeais à des horreurs d'un genre plus effrayant, plus terrible, et la seule hypothèse de leur possibilité jetait dans mon âme un trouble profond. Cependant je faisais tous mes efforts pour échapper à ces tableaux sinistres, car mon voyage offrait en lui-même assez de dangers réels pour que je leur accordasse toute mon attention.

Vers cinq heures de l'après-midi, je m'occupais à renouveler l'air de ma chambre, lorsque je songeai à regarder la chatte et ses petits. Elle paraissait souffrir beaucoup, et j'attribuai cela à la difficulté de la respiration; mais, quant aux petits chats, mon expérience donnait les résultats les plus étranges. Je m'attendais à les voir souffrir, moins que leur mère, il est vrai, et cette souffrance aurait confirmé ma théorie sur l'habitude de la pression atmosphérique. Après un examen des plus attentifs, je m'aperçus, à mon grand étonnement, qu'ils n'éprouvaient aucun malaise, et jouissaient d'une santé parfaite. Pour expliquer ce phénomène, j'étais obligé d'étendre les limites de ma théorie : l'atmosphère ambiante, raréfiée à un degré extrême, n'était donc pas, contrairement à l'opinion que j'avais d'abord regardée comme certaine, chimiquement insuffisante à la respiration, et un être né au milieu de cette atmosphère pouvait y respirer facilement, tandis que, amené dans des régions atmosphériques plus denses, il éprouverait des douleurs semblables à celles que j'avais ressenties précédemment. J'ai depuis vivement regretté qu'un accident m'ait privé de ma petite famille de chats et enlevé ainsi la possibilité d'approfondir la question en observant d'une façon continue. Voulant leur faire passer une tasse d'eau à travers la soupape, la manche de ma chemise s'accrocha à la boucle qui supportait le panier, et dans le mouvement que je fis pour me dégager, le panier se détacha du bouton. Vos Excellences ont vu quelquefois des prestidigitateurs escamoter en un clin d'œil des objets qu'ils avaient en leur possession ; eh bien ! quand même ils eussent escamoté le panier, il n'aurait pas disparu plus vite : il sembla s'être évanoui dans l'espace avec tout ce qu'il contenait. Mes souhaits les plus heureux l'accompagnèrent jusqu'à la terre, mais je n'espérai pas que la chatte et ses petits survécussent à un pareil voyage pour le raconter.

A six heures j'observai la terre : une grande partie de la surface visible vers l'est était enveloppée d'une ombre épaisse qui s'avançait avec rapidité. A sept heures moins cinq la surface entière était plongée dans les ténèbres. Cependant les rayons du so-

leil éclairèrent quelques instants encore le ballon.
Je m'attendais naturellement à cela, et j'en éprouvai un vrai plaisir. Quoique Rotterdam fût beaucoup
plus à l'est que moi, il était évident que je verrais
le jour avant ses habitants, et que plus je m'élè-
verais, plus je jouirais longtemps de la lumière du
soleil. Je pris alors la résolution de rédiger un journal de mon voyage, comptant les jours de vingt-
quatre heures sans avoir égard aux heures de nuit.

A dix heures, le sommeil commença à me ga-
gner, et je me préparai à dormir. A ce moment se
présenta à mon esprit une difficulté à laquelle je
n'avais pas songé : elle devait cependant me sauter
aux yeux. Si je me mettais à dormir, comment
pourrais-je renouveler l'air de ma chambre ? Je
pouvais en respirer l'atmosphère pendant une heure,
mais au bout de ce temps j'aurais été asphyxié. Je
fus vraiment très inquiet, et à un tel point que,
malgré les dangers que j'avais essuyés, je déses-
pérai d'accomplir mon voyage et me résignai à
descendre.

Ma perplexité ne fut heureusement pas de longue
durée. L'homme est un parfait esclave de l'habitude, et mille cas de son existence qu'il considère
comme essentiels ne sont devenus tels que parce
que la routine lui en a fait des nécessités. Je ne
pouvais pas positivement m'empêcher de dormir,
mais je pouvais m'accoutumer à me réveiller à
heures fixes pendant le temps de mon repos. Cinq

minutes me suffisaient amplement pour renouveler
l'atmosphère de ma chambre; la question était de
trouver un moyen de me réveiller au moment nécessaire, et cette question présentait de sérieuses
difficultés. Je l'avoue humblement, la solution de
ce problème me jeta dans un profond embarras.

Je connaissais bien le procédé qu'employait un
étudiant pour s'empêcher de dormir sur ses livres :
il tenait à la main une boule de cuivre dont la chute
dans un bassin du même métal placé à terre, à
côté de sa chaise, produisait un tel bruit qu'il se
réveillait en sursaut quand l'engourdissement s'em-
parait de lui. Mais, mon cas était totalement différent du sien, et son procédé devenait inapplicable :
je ne voulais pas rester éveillé, mais bien me réveiller à heures fixes. Enfin j'imaginai le moyen
suivant, extrêmement simple, et que je regardai
d'abord comme une découverte laissant bien loin
derrière elle l'invention du télescope, des machines
à vapeur et même de l'imprimerie.

A la hauteur où j'étais arrivé, mon ballon, qui
n'était soumis à aucune influence du mouvement de
l'atmosphère ambiante, s'élevait perpendiculairement, et la nacelle le suivait sans éprouver la moindre oscillation. Cette circonstance rendit singulièrement facile l'exécution de mon plan. Ma provision
d'eau était, comme je l'ai dit plus haut, contenue
dans des barils de cinq gallons, solidement arrimés
dans l'intérieur de la nacelle. J'attachai deux cordes

le plus solidement possible au rebord de la nacelle, de manière qu'elles la traversent parallélement à la distance d'un pied l'une de l'autre ; elles formaient ainsi une espèce de tablette sur laquelle je plaçai un de mes barils que j'assujettis dans une position horizontale.

J'avais une planche mince, la seule d'ailleurs que je possédasse ; j'en fis une tablette à huit pouces au-dessous des cordes et à quatre pieds du fond de la nacelle. Je posai sur cette tablette une cruche juste au-dessous d'un des bords du baril.

Je perçai un trou dans le fond du baril, au-dessus de la cruche, et le fermai par une cheville de bois taillée en forme de bougie. J'enfonçai et retirai la cheville jusqu'à ce qu'elle s'adaptât, et, après de nombreux tâtonnements, je la plaçai de telle sorte que l'eau filtrant par le trou et tombant dans la cruche la remplissait en une heure juste. Il ne fut pas difficile de m'assurer du temps : je n'eus qu'à observer de quelle quantité s'emplissait la cruche en un temps donné. Quand tout fut bien arrangé, le reste se devine aisément.

Mon lit était placé au fond de la nacelle de telle sorte que ma tête se trouvât, quand j'étais couché, juste au-dessous du goulot de la cruche. Au bout d'une heure, la cruche étant pleine, l'eau devait s'échapper par le goulot qui était un peu au-dessous du niveau du bord. Tombant d'une hauteur d'environ quatre pieds, sur ma figure, l'eau ne pouvait manquer de m'éveiller instantanément, quelque profond que fût mon sommeil.

J'avais fini mes préparatifs un peu avant onze heures, et, plein de confiance dans mon invention, je me mis au lit. Mon espérance ne fut pas trompée. Ma cruche m'éveilla fidèlement au bout de soixante minutes. Je vidai le contenu de la cruche dans le baril par le trou de la bonde, fis fonctionner le condensateur et me recouchai. Je fis de même toutes les heures. Je fus beaucoup moins fatigué que je ne m'y attendais de ces interruptions fréquentes dans mon sommeil, et quand je me levai, il était sept heures et le soleil était élevé de quelques degrés au-dessus de l'horizon.

3 avril. — Mon ballon était à une hauteur prodigieuse, et la terre m'apparaissait de plus en plus concave. L'Océan était parsemé de points noirs qui devaient être des îles. Au-dessus de moi, le ciel était d'un noir de jais et je voyais parfaitement scintiller les étoiles ; en réalité dès le premier jour de mon ascension je les avais vues de même. Au loin, l'horizon était bordé par une ligne blanche très mince et très brillante que je pris pour la limite méridionale des glaces polaires. Ma curiosité fut grandement excitée car j'espérais m'avancer beaucoup plus vers le nord, et peut-être arriver au-dessus du pôle. J'étais à une telle hauteur que je ne pouvais examiner avec toute l'attention que j'aurais voulu y apporter, et cela me causa un vif chagrin.

Toutefois j'avais encore pas mal d'observations à faire.

Cette journée se passa sans amener rien d'extraordinaire. Mon condensateur fonctionnait à merveille et l'ascension du ballon se faisait en ligne droite sans causer la moindre vacillation. Il faisait un froid intense, et je dus m'envelopper soigneusement dans mon paletot. Quand la nuit couvrit la terre, je me couchai, quoique le soleil dût briller encore plusieurs heures pour moi. Mon horloge hydraulique accomplit son devoir avec une régularité parfaite, et, sauf les interruptions qu'elle me causait d'heure en heure, je dormis jusqu'au lendemain matin d'un profond sommeil.

4 avril. — Je me suis levé en parfaite santé et avec une humeur joyeuse que je n'avais pas éprouvée depuis longtemps. Mes premiers regards ont été pour la terre, et j'ai été fort surpris de voir quels changements avait subis l'Océan. Jusqu'alors je l'avais vu bleu ; maintenant il avait perdu sa belle couleur et paraissait blanc grisâtre mais éblouissant.

Sa convexité était si évidente que les eaux semblaient s'écouler précipitamment vers l'horizon, et j'en fus tellement frappé que je me surpris même tendant l'oreille pour écouter le bruit que devait produire cette immense cataracte.

Je n'apercevais plus d'îles ; avaient-elles disparu au-delà de l'horizon vers le sud-est, ou bien étais-je trop élevé pour les apercevoir, je ne sais ; cependant cette dernière supposition fut celle à laquelle je m'arrêtai. Au nord, la bande de glace apparaissait beaucoup plus distinctement. Le froid n'était pas aussi intense. Cette journée se passa sans amener rien de remarquable, et je l'employai à lire, car j'avais fait une ample provision de livres.

5 *avril.* — J'ai assisté à un singulier phénomène! le lever du soleil, tandis que la terre était encore enveloppée d'ombre. Bientôt la lumière se répandit partout; et je pus voir la ligne des glaces. Elle était maintenant très distincte, et sa couleur plus foncée tranchait avec celle des eaux de l'Océan. Il était évident que je m'en rapprochais, et même avec une vitesse considérable. Il me sembla aussi distinguer deux bandes de terre, l'une à l'est et l'autre à l'ouest, mais je ne voudrais pas l'affirmer. Température modérée. Pas d'événement important. Coucher de bonne heure.

6 *avril.* — La bande de glace s'est trouvée, à ma grande surprise, à une distance relativement modérée; au-delà un immense champ de glace s'étendait vers le nord. Il est évident que si mon ballon conservait sa direction, j'arriverais bientôt au-dessus du pôle : cette espérance fit battre mon cœur. Pendant toute la journée, je me rapprochai de la ligne de glace.

Aux approches de la nuit, mon horizon s'étendit soudain et d'une manière très sensible; j'ai supposé que cela provenait de la forme sphéroïdale de notre planète, mon ballon s'avançant au-dessus des régions aplaties qui avoisinent le pôle arctique. Bientôt la nuit devint fort obscure, et je me couchai, tremblant de crainte de passer, sans pouvoir l'observer, au-dessus d'un objet qui excite si vivement la curiosité.

7 *avril*. — Je fus sur pied de bonne heure, et grande fut ma joie de considérer le pôle-nord lui-même. Sans nul doute c'était lui, — là, sous mes pieds ; — mais, hélas ! j'étais à une hauteur trop considérable pour distinguer avec précision. En réalité, en me basant sur les progressions de chiffres indiquant mes différentes hauteurs à différents moments, depuis le 2 avril à 6 heures du matin jusqu'à 8 heures quarante minutes de la même matinée, — heure où le mercure retomba dans la cuvette barométrique, — je pouvais vraisemblablement supposer que mon ballon avait atteint maintenant, — 7 avril, 4 heures du matin, — une hauteur minimum de 7,254 milles au-dessus du niveau de la mer. Quelque énorme que puisse paraître cette élévation, elle devait être en réalité, à cause de l'estime sur laquelle j'avais basé mes opérations, bien supérieure. Dans tous les cas, mon horizon embrassait sans aucun doute, le plus grand diamètre terrestre ; tout l'hémisphère nord s'étendait au-dessous de moi comme une carte en projection orthographique, et mon horizon était borné par l'équateur lui-même. Vos Excellences comprendront

toutefois, sans aucune peine que, bien que les régions inexplorées situées au-dessous de moi fussent vues sans aucune apparence de raccourci, elles étaient à une trop grande distance et par suite trop rapetissées pour être examinées avec un peu de soin.

Néanmoins je fus singulièrement intéressé de ce que je vis. Au nord de cette immense bordure dont j'ai parlé, et qu'on peut appeler la limite des explorations de l'homme, s'étend sans interruption, ou presque sans interruption une vaste nappe de glace. Dès son commencement, la surface de cette mer de glace s'abaisse sensiblement ; plus loin sa dépression est telle qu'elle paraît plane, et enfin elle devient très concave et forme au pôle même une cavité circulaire dont les bords sont nettement définis, et dont le diamètre apparent, vu naturellement du ballon, sous-tendait un angle de soixante-cinq secondes environ. La couleur était obscure, d'une intensité variable, mais toujours plus sombre qu'aucun autre point de l'hémisphère visible, et passait quelquefois au noir le plus parfait. Par-delà la vision était confuse, et il était très difficile de distinguer quelque chose. A midi, le diamètre du trou central avait sensiblement diminué, et à sept heures du soir, j'avais cessé de l'apercevoir. Le ballon se dirigeait vers le bord ouest des glaces, et volait avec rapidité vers l'équateur.

8 *avril.* — Le diamètre apparent de la terre a

diminué à vue d'œil, et j'ai constaté dans la couleur et l'aspect général une altération positive. La
surface m'apparaissait d'une couleur jaune pâle,
plus foncée à certains endroits, et offrant dans quelques parties un éclat éblouissant et douloureux pour
l'œil. La densité de l'atmosphère et les nuages épais
qui entouraient la terre gênaient singulièrement ma
vue : c'est à peine si je pouvais de temps en temps
voir notre planète. D'ailleurs depuis quarante-huit
heures, ma vue avait été gênée par ces obstacles ;
mais maintenant, étant à une hauteur excessivement
considérable, mon élévation rapprochait et confon-
dait ces masses nuageuses flottantes, de sorte que
plus je montais, plus difficilement j'apercevais la
la terre. Toutefois je savais que mon ballon planait
au-dessus de la région des lacs de l'Amérique
septentrionale et se dirigeait en droite ligne vers le
sud : je devais bientôt, en considérant la rapidité
de mon vol, arriver dans la région des tropiques.

Cette remarque que j'avais faite de ma direction
me causa une joie profonde, et dès lors je ne doutai
pas du succès de mon voyage. J'avais été très
inquiet de ma première direction ; si je l'avais
suivie longtemps, jamais je ne serais parvenu dans
la lune dont l'orbite fait, comme le savent Vos
Excellences, un angle de 5 degrés 8 minutes 48
secondes avec l'écliptique (1). Cela peut paraître

_____

(1) L'*écliptique* est une ligne qui partage le zodiaque en deux parties
égales, et que le soleil n'abandonne jamais. Il ne peut y avoir éclipse de
soleil que par l'interposition entre la terre et le soleil d'un astre sur
l'écliptique.

étrange, mais ce ne fut qu'alors que je compris quelle faute j'avais commise en n'effectuant pas mon départ d'un point quelconque de la terre situé dans l'ellipse lunaire.

9 *avril*. — Le diamètre apparent de la terre a encore considérablement diminué, et la surface prend une teinte jaune de plus en plus foncée. Mon ballon a conservé sa direction vers le sud; à 9 heures de l'après-midi, je planais sur la côte nord du du golfe du Mexique.

10 *avril*. — Un grand bruit et un craquement terrible dont je n'ai pu me rendre compte m'ont brusquement éveillé ce matin vers 5 heures. Ce craquement n'a duré que quelques secondes, mais il ne ressemblait à aucun bruit terrestre dont j'eusse gardé la sensation. Mon alarme fut extrême, comme on peut le penser, et je ne pus lui donner d'autre cause qu'une déchirure de l'enveloppe du ballon. J'examinai mon appareil avec une attention minutieuse; je ne trouvai pas le moindre dégât. Toute la journée j'ai songé à cet événement extraordinaire, et, malgré toute mon attention, je n'ai pu parvenir à trouver une explication satisfaisante. Je me suis couché fort mécontent, très agité et en proie à une grande anxiété.

11 *avril*. — Le diamètre apparent de la terre a encore diminué d'une manière sensible, et, pour la première fois, j'ai observé une augmentation considérable de celui de la lune qui était pleine depuis

quelques jours. J'étais obligé de travailler énormément pour condenser assez d'air dans ma chambre pour entretenir la vie.

12 *avril*. — Mon ballon a changé de direction ; je m'y attendais, et malgré cela j'en ai éprouvé un sensible plaisir. En maintenant sa direction première, il était arrivé au vingtième parallèle de latitude sud, puis il a tourné à l'est, brusquement, à angle aigu, et tout le jour a suivi cette nouvelle route, en se tenant à peu près, sinon entièrement, dans le plan de l'ellipse lunaire. Je fis une remarque intéressante : ce changement de direction imprima à la nacelle un mouvement d'oscillation très sensible qui, à différents degrés, dura pendant plusieurs heures.

13 *avril*. — Le craquement qui m'avait si fort épouvanté le 10 vient de se reproduire en renouvelant mes alarmes. J'ai encore longuement médité sur ce sujet, mais de toutes les explications que je trouvais, aucune ne pouvait me satisfaire. Grand décroissement du diamètre apparent de la terre ; il sous-tendait à peine, par rapport à la position du ballon, un angle de 25 degrés. Impossible de voir la lune : elle était à mon zénith. Je conservais ma direction dans le plan de l'ellipse lunaire, mais j'avançais peu vers l'est.

14 *avril*. — Le diamètre de la terre diminue très rapidement. J'ai songé que le ballon courait sur la ligne des apsides en remontant vers le pé-

rigée (1) : cette réflexion m'a vivement impressionné. Mon ballon suivait donc la route qui devait le conduire à la lune dans la partie de son orbite la plus rapprochée de la terre. Travail de condensation de l'air atmosphérique de plus en plus long et pénible.

15 avril. — Les contours des continents et des mers ne sont plus nettement définis sur terre. A midi, troisième répétition de ce bruit effrayant. Cette fois-ci il dura plus longtemps et augmenta d'intensité. J'étais stupéfié, épouvanté, et je m'attendais à une destruction inconnue mais horrible, lorsque la nacelle oscilla avec une violence extrême; en même temps, une masse enflammée gigantesque passa à côté de mon ballon en sifflant et rugissant comme mille tonnerres, et disparut avec une telle rapidité que je n'eus pas le temps de l'observer. Quand mon étonnement et mes angoisses furent dissipés, je supposai, — et cette supposition est naturelle, — que cette masse devait avoir été vomie par un des volcans de ce monde dont j'approchais si rapidement, et que, selon toute probabilité, ce devait être un de ces fragments d'une substance singulière qu'on trouve quelquefois sur terre et qu'on appelle aérolithes, faute de pouvoir les désigner autrement avec plus de précision.

---

(1) On appelle *apsides* les deux points de l'orbite d'une planète auxquels elle se trouve, soit à la plus grande, soit à la plus petite distance du soleil ou de la terre. — Le *périgée* est le point de l'orbite d'une planète le plus rapproché de la terre. — L'*apogée* est au contraire le point le plus éloigné.

16 *avril.* — Aujourd'hui, en regardant au-dessous de moi le mieux possible et me servant alternativement des deux fenêtres latérales, je fus très satisfait d'apercevoir une petite portion du disque lunaire avançant, pour ainsi dire, de chaque côté de la vaste circonférence de mon ballon. Je fus extrêmement agité, car le succès de mon entreprise était maintenant hors de doute : je touchais presque au but de mon périlleux voyage.

Le travail qu'exigeait le condensateur était devenu extrême, et ne me laissait presque aucun répit. J'avais à peine le temps de dormir. Je devenais malade, et un tremblement agitait tout mon corps. Mes souffrances étaient arrivées à un tel point que la nature ne pouvait les supporter plus longtemps. Pendant un des courts intervalles de nuit, un nouveau météore passa près de moi, et la fréquence de ces phénomènes me causa la plus vive inquiétude.

17 *avril.* — Cette matinée a fait époque dans mon voyage. Vos Excellences doivent se rappeler que le 13 la terre sous-tendait, par rapport à moi, un angle de 25 degrés; que le 14 cet angle avait diminué; que le 15 la diminution fut encore plus rapide; enfin le 16, avant de me coucher, j'évaluai l'angle à 7 degrés 15 minutes. En me réveillant le 17 après un court sommeil, je vis au-dessous de moi la surface planétaire sous-tendant un angle de 39 degrés! Jugez quelle fut ma stupéfaction : j'étais

foudroyé. Une horreur extrême, absolue, et une stupeur indicible me saisirent, m'écrasèrent. Mes genoux plièrent sous moi, mes dents claquèrent, mes cheveux se dressèrent. Le ballon a donc fait explosion ! Telles furent les premières idées qui se présentèrent à mon esprit : Positivement, le ballon a éclaté ! — Je tombe, — je tombe avec une vitesse incroyable, inouïe, vertigineuse ! — A en juger par l'espace parcouru, avant dix minutes j'aurai atteint la terre; — dans dix minutes je serai écrasé, pulvérisé, anéanti !

Puis, je me mis à réfléchir, et le doute pénétra dans mon esprit. Il était matériellement impossible que ma descente eût pu s'effectuer avec autant de rapidité. Je me rapprochais évidemment de la surface que j'apercevais au-dessous de moi, mais il n'y avait aucun rapport entre ma vitesse réelle et la rapidité vertigineuse à laquelle j'avais d'abord songé.

Cette considération amena un peu de calme dans mes esprits troublés, et j'envisageai le phénomène tel qu'il devait être regardé. Ma stupéfaction avait dû être bien grande, car il existait d'immenses différences entre la surface placée au-dessous de moi et notre planète : cependant je n'y avais pas fait attention. La terre était donc placée au-dessus de moi et cachée à mes yeux par le ballon, tandis que la lune, — la lune elle-même dans toute sa splendeur,

— s'étendait au-dessous de moi ! Elle était là, — sous mes pieds !

Ce qu'il y avait de plus étonnant et de moins explicable dans l'aventure qui m'arrivait, était, sans contredit, l'étonnement et la stupeur que produisirent dans mon esprit ce changement si extraordinaire dans la position des objets. Ce *bouleversement* était naturel, inévitable ; je l'avais même prévu ; c'était une conséquence qui devait arriver quand j'atteindrais le point de mon trajet où la force attractive de la terre serait remplacée par celle de son satellite, ou bien, pour me servir de termes plus précis, quand la gravitation du ballon vers la terre serait moins énergique que sa gravitation vers la lune.

Quand je me trouvai en face de ce phénomène surprenant, phénomène attendu, c'est vrai, mais pas à ce moment, il faut bien dire que j'étais arraché à un profond sommeil, et que mes sens n'étaient pas encore bien débrouillés.

La révolution qui venait de s'opérer devait avoir eu lieu naturellement, sans secousse, graduellement, et il n'est pas du tout certain que, même en supposant que j'eusse été éveillé en ce moment, j'eusse perçu un symptôme *intérieur* de ce changement sans dessus dessous, c'est-à-dire une incommodité, un dérangement quelconque soit dans ma personne, soit dans les appareils qui m'environnaient.

Lorsque la terreur, qui avait absorbé toutes les
facultés de mon âme, se fût dissipée, et que je
revins au sentiment exact de ma situation, l'aspect
général de la lune fut le premier objet de mon attention. Elle se développait au-dessous de moi
comme une carte. Chose singulière, malgré la distance considérable qui m'en séparait, je voyais avec
une netteté parfaite les aspérités dont sa surface
était hérissée. Absence complète d'océan, de mer,
de lacs, de rivières, tel fut le premier signe le plus
extraordinaire de sa constitution géologique qui me
frappa d'abord.

Mais, ce qui est vraiment singulier, c'est que je
voyais de vastes régions planes présentant tous les
caractères des terrains d'alluvion, et cependant la
majeure partie de l'hémisphère que je voyais était
couverte de montagnes volcaniques sans nombre,
toutes de formes coniques, et qu'on aurait prises
plutôt pour des éminences façonnées par l'art que
pour des saillies naturelles. La plus haute de ces
montagnes ne dépassait pas trois milles trois quarts
en élévation perpendiculaire; d'ailleurs toute des-
cription que j'essayerais de faire de cette surface ne
donnerait pas à Vos Excellences une idée plus exacte
que celle que leur fournirait une carte des régions
volcaniques des *Campi Phlegræi*. La plupart de ces
montagnes étaient en état d'éruption, car une masse
considérable de pierres, appelées improprement
météoriques, passaient auprès de mon ballon. Leur

fréquence était vraiment effrayante, et me donnait une terrible idée de la furie et de la puissance de ces volcans.

18 *avril*. — Le volume apparent de la lune a considérablement augmenté, et la vitesse toujours croissante de ma descente a commencé à me causer de sérieuses inquiétudes. Vos Excellences doivent se rappeler que, dans le principe, alors que je songeais à la possibilité d'un passage vers la lune, j'avais admis l'hypothèse d'une atmosphère ambiante dont la densité devait être proportionnée au volume de la planète ; mes calculs s'étaient largement basés sur cette hypothèse, même en dépit des nombreuses théories adverses, et, je dois l'avouer, en dépit aussi du préjugé universel qui repousse l'existence d'une atmosphère quelconque autour de la lune. J'ai exposé mes idées relativement à la comète d'Encke et à la lumière zodiacale, certaines observations de M. Shroeter, de Lilienthal, me fortifièrent dans mon opinion. Cet astronome a observé la lune, le soir, deux jours et demi après son renouvellement, peu de temps après le coucher du soleil, avant que la partie obscure ne fût visible, et il continua ses observations jusqu'à ce que cette partie fût bien visible. Les deux cornes semblaient former un prolongement aigu dont l'extrémité était faiblement éclairée par les rayons du soleil, alors que l'hémisphère obscur était entièrement invisible. Bientôt tout le bord sombre fut

éclairé. Selon moi , ce prolongement des cornes au-delà du demi-cercle , provenait de la réfraction des rayons solaires par l'atmosphère de la lune. Cette atmosphère pouvait réfracter assez de lumière dans son hémisphère obscur pour que le crépuscule qu'elle produisait fût plus lumineux que la lumière réfléchie par la terre quand la lune est à environ 32 degrés de sa conjonction. D'après mes calculs, cette atmosphère pouvait être évaluée à 1,356 pieds de roi : d'où je conclus que la hauteur maximum capable de réfracter les rayons solaires était de 5,376 pieds. Un passage du quatre-vingt-deuxième volume des *Transactions philosophiques* vint aussi confirmer mes idées. Il dit que , lors d'une occultation des satellites de Jupiter, le troisième disparut après avoir été vu indistinctement pendant quelques secondes, et qu'on ne put observer le quatrième quand il s'approcha du limbe.(1).

_____

(1) Hévélius a consigné aussi quelques observations extraordinaires. Par un ciel parfaitement pur où l'on apercevait aisément des étoiles de sixième et même de septième grandeur, les taches de la lune n'apparaissent pas toujours aussi lumineuses, en supposant, bien entendu , même hauteur de la lune, même distance de la terre, même télescope excellent. D'après ces données, quelle cause assigner à ce phénomène? il ne provient évidemment ni de notre atmosphère, ni de la lune, ni de l'observateur. Il faut donc, pour l'expliquer, admettre une *atmosphère* (?) existant autour de la lune.

Cassini a aussi fait de fréquentes observations de ce genre : il a remarqué que Saturne, Jupiter, les étoiles fixes, au moment d'être occultées par la lune, prenaient une forme ovale, tandis qu'avant et après, leur forme était circulaire. Dans d'autres observations, la forme n'a pas varié. On pourrait donc déduire de là que la lune est enveloppée, dans quelques cas, mais pas toujours, d'une matière dense capable de réfracter les rayons solaires.

J'avais admis l'hypothèse d'une atmosphère dense entourant la lune, et je comptais sur sa résistance pour descendre sain et sauf. Si ma conjecture était fausse, le dénouement de mon aventure était certain : je serais pulvérisé contre la surface raboteuse de la lune. En somme j'avais peur, et j'avais mille raisons pour cela. La distance qui me séparait de la lune était insignifiante, pour ainsi dire, le condensateur ne fonctionnait pas avec plus de facilité et moins de peine pour moi, et enfin je ne trouvais aucun indice de densité croissante dans l'atmosphère.

19 *avril.* — Vers neuf heures, ce matin, j'ai éprouvé une grande joie. J'étais effroyablement près de la lune, mon anxiété était à son comble, quand le piston du condensateur a indiqué des symptômes évidents d'une altération de l'atmosphère ambiante. A dix heures, tout me portait à croire que la densité avait beaucoup augmenté. A onze heures, le condensateur n'exigeait presque plus de travail; à midi, après de nombreuses hésitations, je résolus de desserrer le tourniquet qui fermait le haut du sac; n'ayant éprouvé aucun inconvénient, j'ouvris entièrement la chambre de caoutchouc, et dégageai la nacelle. Mon expérience était trop précipitée et pleine de dangers : elle me causa, comme j'aurais dû m'y attendre, une violente migraine accompagnée de mouvements spasmodiques. Ma respiration redevint douloureuse, mais ces inconvénients n'étaient pas de nature à mettre ma vie en danger,

et je m'armai de patience pour les supporter ; d'ailleurs ces douleurs devaient se dissiper à mesure que j'entrerais dans des couches plus denses de l'atmosphère de la lune.

Je me rapprochais de la surface avec une impétuosité excessive. J'avais très probablement raison en supposant que la densité de l'atmosphère était proportionnelle au volume du satellite, mais il se pouvait bien que je me fusse trompé en pensant que, même à la surface de la lune, cette atmosphère aurait une densité suffisante pour supporter le grand poids de mon ballon. Si on suppose que la pesanteur réelle des corps est en raison directe de la densité atmosphérique, ce cas *aurait dû* se présenter, comme à la surface de la terre ; mais tel *n'était pas* le cas, ainsi que le prouvait la rapidité de ma descente. Je ne puis trouver d'explication qu'en admettant l'hypothèse de perturbations géologiques.

Quoi qu'il en fût, je tombais avec la plus grande impétuosité. Sans perdre une minute j'allégeai mon ballon en jetant par-dessus bord le lest, les barriques d'eau, l'appareil condensateur, mon sac de caoutchouc, en un mot tout ce que contenait la nacelle. Le résultat fut le même que si je n'avais rien lancé. Ma descente s'opérait avec une horrible rapidité ; je n'étais plus qu'à un demi-mille de la surface ; je jetai mon paletot, mon chapeau, mes bottes et jusqu'à la nacelle qui n'était pas d'un poids

médiocre : Je restai suspendu au filet du ballon.
J'eus à peine le temps d'observer le pays où j'allais
tomber : à perte de vue le sol était criblé d'habi-
tations lilliputiennes. Je tombai, comme une balle,
au milieu d'une ville fantastique et d'une multitude
de vilaines petites gens qui ne prononcèrent pas une
parole et ne vinrent même pas à mon aide. Ils
étaient là, les poings sur les hanches, comme un
tas d'imbéciles, faisaient des grimaces ridicules et
me regardaient d'un mauvais œil, moi et mon ballon.
Rempli d'indignation, je me détournai d'eux avec
mépris, et levant les yeux vers la terre que j'avais
quittée, peut-être pour toujours, je l'aperçus semblable à un vaste et sombre bouclier de cuivre,
sous-tendant un angle de 2 degrés environ, fixe
et immobile dans les cieux, et dont un bord était
garni d'un croissant d'or étincelant. De mers et de
continents, je ne vis nulle trace, mais je vis des
taches nombreuses sur notre globe qui semblait
traversé par les zones tropicale et équatoriale,
comme par des ceintures.

Ainsi, comme j'ai eu l'honneur de le dire à Vos
Excellences, j'avais passé par une longue série
d'angoisses inexprimables, bravé des dangers inouïs,
mais j'étais arrivé sain et sauf, dix-neuf jours
après mon départ de Rotterdam, au but d'un voyage
extraordinaire, le plus important qu'eût jamais
entrepris ou même conçu quelque habitant de la
terre.

Après vous avoir parlé de mon voyage, il me
reste à faire la relation de mes aventures. Voici cinq
ans que j'habite dans une planète qui, déjà profondément intéressante par elle-même, l'est dou-
blement en sa qualité de satellite d'un monde habité
par l'homme. Vos Excellences comprendront aisément qu'après un aussi long séjour, je puisse entretenir avec le Collége National Astronomique des
correspondances secrètes dont l'intérêt serait autrement considérable que les détails que je vous ai
donnés sommairement, sur un voyage si heureusement accompli.

En un mot, voici la question telle qu'elle est.
J'ai beaucoup de choses à dire, et ce serait pour
moi un véritable plaisir de vous les communiquer.
Je puis donner les détails les plus complets sur
le climat de cette planète ; — sur les alternatives
étonnantes de froid et de chaud ; — sur la lumière
solaire qui éclaire pendant quinze jours et brûle tout,
et sur le froid glacial qui dure la quinzaine suivante, froid que doivent à peine égaler nos froids
polaires ; — sur l'humidité qui se porte, comme par
distillation, du point situé au-dessous du soleil à
celui qui en est le plus éloigné ; — sur la race des
habitants, leurs mœurs, coutumes, institutions
politiques, organisme particulier, laideur, absence
complète d'oreilles qui, dans une atmosphère aussi
étrangement modifiée que la leur, ne seraient d'aucun
usage, ignorance complète, ce qui est une consé-

quence du défaut d'oreilles, de l'usage et des propriétés du langage, méthode singulière pour suppléer
à la parole ; — sur le rapport incompréhensible qui
unit chaque habitant de la lune à un habitant de la
terre, rapport que je ne puis comparer qu'à celui
qui existe entre les mouvements de la planète et
ceux de son satellite, et par suite duquel les existences et destinées des habitants de l'une sont inti-
mement liées aux existences et destinées des habitants de l'autre ; — et par dessus tout, s'il plaît à
à Vos Excellences, les sombres et horribles mystères rélégués dans cet hémisphère de la lune qui,
grâce à la concordance de la rotation du satellite sur
son axe avec la révolution qu'il effectue autour de
la terre, a toujours été caché à la curiosité des
télescopes humains.

Voilà ce que je voudrais vous raconter ; mais,
pour aller au but, je veux une récompense. Je désire
rentrer dans ma famille. Je puis, si je le veux,
jeter une vive lumière sur plusieurs branches des
sciences physiques et métaphysiques, mais je sollicite de Vos Excellences, comme prix de toute
communication ultérieure, le pardon du crime que
j'ai commis en quittant Rotterdam : la mort de mes
trois créanciers. Ce pardon est l'objet qui m'a décidé
à écrire. Celui qui vous remettra ma lettre est un
habitant de la lune qui a consenti à être mon messager sur terre et qui, suivant les instructions qu'il
a reçues de moi, attendra le bon plaisir de Vos

Excellences, et si c'est possible, me rapportera le pardon que je sollicite.

Je suis, avec respect, de Vos Excellences, le très humble serviteur,

HANS PFAALL.

La lecture de ce prodigieux document causa un étonnement et une admiration non moins étranges. On dit, et je le tiens de personnes dignes de foi, que le professeur Rudabub, dans l'excès de sa surprise, laissa tomber sa pipe à terre, et que même Mynheer Superbus Von Underduk, après avoir ôté, essuyé et serré dans la poche gauche de son vêtement ses bésicles, s'oublia lui et sa dignité au point de faire sur le talon trois pirouettes à la grande stupéfaction de ses administrés.

La grâce serait accordée, cela ne faisait pas l'ombre d'un doute. Du moins le bon professeur Rudabub en fit le serment, serment accompagné d'un énorme juron. L'illustre Von Underduk fut complétement de son avis, et, prenant le bras de son collégue il fit, sans prononcer une parole, la majeure partie de la route vers son domicile, pour conférer avec lui sur les mesures à prendre. Cependant, arrivé à la porte du bourgmestre, le professeur fit une réflexion qu'il communiqua à son collégue : le messager porteur de la lettre avait disparu ; sa fuite n'avait pu être causée que par l'effroi que lui avait inspiré la physionomie sauvage des habitants

de Rotterdam ; — à quoi servirait le pardon ? à rien
puisque personne ne pouvait entreprendre ce voyage
qu'un habitant de la lune.

A cela il n'y avait rien à dire ; le bougmestre se
rangea à l'avis de son collégue et l'affaire n'eut pas
de suites. Cependant les rumeurs et les conjectures
allèrent bon train dans cette excellente ville de
Rotterdam. On publia la lettre, et dire le nombre
d'opinions et de cancans qu'occasionna cette publication, serait impossible. Quelques-uns, — de ceux
qui posaient pour la sagesse, — s'avisèrent même
de vouloir discréditer l'affaire, et poussèrent le ridi-
cule jusqu'à prétendre que ce n'était qu'un *canard*.
Quant à moi, je crois que, pour ces gens, le terme
de *canard* embrasse tout ce que leur intelligence ne
peut comprendre. Avec la meilleure volonté du
monde, je ne vois pas sur quoi ils basent leur accu-
sation, mais voici, sans commentaires, leurs principales raisons :

Primo, — il est certain que Rotterdam possède
quelques agréables farceurs ennemis acharnés de
l'astronomie, des astronomes, et aussi de certains
bourgmestres.

Secundo, — il avait disparu quelques jours auparavant de Bruges, une ville toute voisine, un petit
nain fort bizarre, escamoteur de son métier auquel
on avait coupé les oreilles, en punition sans doute
de quelque méfait.

Tertio, — le ballon était enveloppé de gazettes de

Hollande ; donc elles n'avaient pas été faites dans la lune. Le papier en était sale, crasseux, très crasseux même ; et Glück, l'imprimeur, offrait de jurer sur sa Bible que ces gazettes sortaient des presses de Rotterdam.

Quarto, — deux ou trois jours auparavant, on avait vu dans une taverne mal famée de la ville Hans Pfaall lui-même avec les trois fainéants qu'il appelait ses créanciers, revenant, les poches garnies d'argent, d'une expédition d'outre-mer. Et en dernier lieu, tout le monde admet, — et ceux qui ne sont pas de cette opinion seront fort sages de s'y ranger, — que le Collége des Astronomes de la ville de Rotterdam, — mais cela n'est pas particulier à Rotterdam, le jugement s'applique aussi aux autres colléges astronomiques de l'univers, — ne possède, pour n'en pas dire davantage, ni plus de science, ni plus de lumières qu'il n'est nécessaire.

Note sur les Aérolithes.

Les *aérolithes* sont des masses minérales plus ou moins considérables qui tombent des hautes régions atmosphériques sur la terre, et dont la chute est accompagnée ordinairement de phénomènes lumineux et de détonations. Au moment de leur chute, ils sont brûlants et exhalent une forte odeur de soufre et de poudre. De forme irrégulière, ils sont couverts d'aspérités dont la fusion a le plus souvent émoussé les angles. Ils sont recouverts d'une couche d'émail noir. Leur cassure est grisâtre et d'aspect terreux. Tantôt friables, tantôt durs, ils ont en moyenne un poids spécifique égal à 5,5. Leur composition chimique est la même pour tous : fer, nickel, magnésie, silice, soufre, etc., y sont toujours associés de la même façon, de sorte qu'on pourrait les prendre pour les débris d'un même rocher. Le fer s'y trouve à l'état natif, blanc, spongieux, et non comme sur terre à l'état d'oxyde, de sulfure, de carbonate, etc.

On divise les *aérolithes* en deux classes : — 1° Les *aérolithes métalliques* ou *sidériques* (du grec *sidéros*, fer) composés de fer pur allié à du nickel dont la proportion peut s'élever à six pour cent : ce sont les plus rares et les plus volumineux. — 2° Les *aérolithes pierreux* formés de parcelles de fer disséminées dans une pâte pierreuse, mélange de soufre, de nickel, de chrome, de manganèse, de cobalt, de silice, de magnésie, d'alumine, de chaux, etc.

La chute des *aérolithes* est connue depuis un temps immémorial. Anaxagore raconte qu'on trouva en Thrace, sur les rives du fleuve Ægos-Potamos, une pierre noire tombée du ciel. Pline raconte qu'il assista, dans la Gaule Narbonnaise à une pluie de pierres. Au milieu du xve siècle, il tomba à Ensisheim, en Alsace, une pierre météorique qui est aujourd'hui à la bibliothèque de Colmar.

Trois systèmes ont été présentés pour expliquer l'origine des *aérolithes*. Dans le premier, les *aérolithes* se forment dans l'atmosphère de l'agrégation des vapeurs métalliques dégagées par les usines, comme la pluie, la grêle, la neige se forment de l'agrégation des vapeurs aqueuses. — Laplace supposait que les *aérolithes* étaient des pierres lancées par les volcans de la lune, ce qui expliquait l'identité de composition chimique. Pour sortir de la sphère d'attraction de la lune, il leur suffirait d'une vitesse égale à cinq fois et demie celle d'un boulet de canon. Pour admettre ce système, il faut démontrer l'existence dans la lune de volcans en éruption capables d'imprimer aux *aérolithes* la vitesse avec laquelle ils traversent notre atmosphère. « Pour moi, dit Olbers, je considère la lune dans son état actuel comme un voisin fort paisible, qui, à raison de son manque d'eau et d'atmosphère, est désormais incapable de fortes explosions. » — Le troisième système est celui généralement admis par les astronomes. Chaque *aérolithe* est considéré comme un *astéroïde*, c'est-à-dire un petit astre, une petite planète. « Le monde, dit M. Blerzy, serait peuplé de milliards de ces *astéroïdes*, qui circuleraient autour du soleil comme les grosses planètes, et qui ne deviendraient visibles qu'au moment où ils pénétreraient dans notre atmosphère... Il y aurait ainsi dans les espaces célestes où notre globe s'avance régulièrement chaque jour, la monnaie d'une grosse planète dont la masse terrestre s'accroîtrait peu à peu. »

Silence.

Le Démon plaça sa main sur ma tête : Ecoute-moi, dit-il. — Je veux parler d'une contrée sinistre en Libye, sur les bords du fleuve Zaïre. Là, ni repos ni silence.

Les eaux de la rivière sont couleur de safran; elles ne s'écoulent pas vers la mer, mais s'agitent éternellement, sous les rayons d'un soleil de feu, tumultueusement, convulsivement. Sur un espace de plusieurs milles, de chaque côté du lit vaseux du fleuve, s'étend un pâle désert de nénuphars. La solitude n'est troublée que par les soupirs qu'ils poussent l'un vers l'autre; leurs longues tiges s'élèvent vers le ciel semblables à des spectres, et leurs têtes se balancent de côté et d'autre. Un murmure semblable au bruit d'un torrent sort du milieu d'eux. Ils soupirent l'un vers l'autre.

Leur empire est borné, et la frontière est une forêt haute, sombre, horrible. Autour des Hébrides, les vagues sont dans une agitation perpétuelle; et là les arbrisseaux se meuvent constamment. Et cependant aucun vent ne souffle dans le ciel. Les grands arbres, ceux qui dans le principe formèrent la forêt, agitent avec un fracas puissant leurs têtes gigantesques. Une rosée éternelle tombe goutte à goutte de leurs cimes altières. A leurs pieds, des fleurs vénéneuses les plus étranges se tordent dans un sommeil agité. Au-dessus d'eux les nuages gris se précipitent avec bruit toujours vers l'ouest, jusqu'à ce que, comme une cataracte, ils roulent au-delà de l'horizon enflammé. Et cependant aucun vent ne souffle dans le ciel. Sur les bords de la rivière Zaïre, ni calme ni silence.

Il faisait nuit. La pluie tombait abondante. Pluie en tombant, elle se changeait en sang au contact du sol. J'étais dans le marécage, au milieu des grands nénuphars. La pluie tombait sur ma tête. Et les nénuphars désolés soupiraient solennellement l'un vers l'autre.

Tout à coup, du milieu du brouillard funèbre s'éleva la lune : elle était cramoisie. Mes yeux se portèrent sur un énorme rocher gris qui se dressait au bord de la rivière, éclairé par les rayons de la lune. Ce rocher grisâtre, sinistre, élevé,

portait une inscription sur son front de pierre. Je
m'avançai à travers le marécage de nénuphars
tout près de la rive pour déchiffrer l'inscription.
Peine inutile. J'allais retourner dans le marécage,
quand la lune brilla d'un éclat plus rouge et plus
vif. Je me retournai, et regardai le rocher et l'inscription. Je lus : DÉSOLATION.

Je levai les yeux sur le sommet du rocher : Un
homme s'y tenait. Je me cachai dans le marécage
pour épier ses actions. L'homme était grand et
majestueux; une toge romaine l'enveloppait depuis
les épaules jusqu'aux pieds. Les contours de sa
personne n'étaient pas distincts; — mais ses traits
avaient quelque chose de divin, car ils rayonnaient
malgré les voiles de la nuit, du brouillard, de la
lune et de la rosée. Son front était haut et pensif;
dans ses yeux se lisaient de profonds soucis; les
rides qui sillonnaient ses joues témoignaient de ses
chagrins, de son dégoût de l'humanité et d'une
grande aspiration vers la solitude.

L'homme s'assit sur le rocher, et, la tête
appuyée sur sa main, il contempla ce tableau
désolé. Il regarda les petits arbres toujours agités,
et les grands, origine première de la forêt; il
regarda ensuite plus haut : les nuages se frôlant
dans le ciel, et la lune cramoisie. Blotti derrière les
nénuphars, j'épiais les actions de l'homme. Et
l'homme tremblait dans la solitude; — cependant

la nuit s'avançait, et il demeurait immobile assis sur le rocher.

L'homme porta ensuite ses regards du ciel à la rivière Zaïre; il regarda les eaux jaunes et lugubres, et les légions innombrables des pâles nénuphars. Il écoutait leurs soupirs et le murmure qui s'élevait du milieu d'eux. Blotti derrière les nénuphars, j'épiais les actions de l'homme. Et l'homme tremblait dans la solitude; — cependant la nuit s'avançait, et il demeurait immobile assis sur le rocher.

Alors m'enfonçant dans les profondeurs du marécage, je marchai sur la forêt de nénuphars qui pliaient sous mes pieds, et j'appelai les hippopotames qui habitent ce désert lugubre. Les hippopotames entendirent ma voix, et ils vinrent jusqu'au pied du rocher. Les béhémoths vinrent aussi, et tous poussèrent des rugissements effroyables sous les rayons de la lune. Toujours botti derrière les nénuphars, j'épiais les actions de l'homme. Et l'homme tremblait dans la solitude; — cependant la nuit s'avançait, et il demeurait immobile assis sur le rocher.

Alors je lançai sur les éléments la malédiction du tumulte. Le ciel, où auparavant aucun vent ne soufflait, se chargea de la plus effroyable tempête. Le ciel devint livide, la pluie battait la tête de l'homme, les flots de la rivière débordaient de toutes parts, la rivière jaillissait en écume comme

si elle eût été torturée, les nénuphars poussaient
de lugubres gémissements, la forêt se dispersait
peu à peu sous les rafales du vent, le tonnerre
roulait, l'éclair embrasait l'espace, le rocher vacillait
sur sa base. Toujours blotti derrière les nénuphars,
j'épiais les actions de l'homme. Et l'homme tremblait dans la solitude; — cependant la nuit
s'avançait, et il demeurait immobile assis sur le
rocher.

Dans ma rage, je lançai la malédiction du
silence sur la rivière, les nénuphars, le vent, la
forêt, le ciel, le tonnerre, les soupirs des nénuphars. La malédiction les frappa, et ils devinrent
muets. La lune cessa de cheminer dans le ciel, le
tonnerre s'apaisa, l'éclair n'embrasa plus l'espace,
les nuages restèrent immobiles, semblables à de
lourdes draperies, les eaux rentrèrent dans leur
lit et y restèrent, les arbres cessèrent de se balan-
cer, et les nénuphars de soupirer, pas le moindre
murmure ne s'éleva du milieu d'eux, pas le moindre
son du vaste désert sans limites. Je regardai l'inscription du rocher, elle était changée; et j'y lus
maintenant : SILENCE.

Mes yeux se portèrent sur l'homme : il était
pâle de terreur. Précipitamment, il leva la tête de
sa main, se dressa sur le rocher, et tendit l'oreille.
Le vaste désert sans limites était muet, pas une
voix ne montait de son sein, et sur le rocher on

lisait : SILENCE. L'homme frissonna; il fit volte-face et s'enfuit si loin, si loin que je ne le revis plus.

. . . .

— Les livres des Mages, reliés en fer, contiennent de bien beaux contes. Le Ciel, la Terre, la puissante Mer, les Génies qui ont régné sur la mer, la terre et le ciel, y forment les sujets d'histoires bien merveilleuses.

Les oracles des Sibylles étaient bien savants, le feuillage sacré des chênes de Dodone a entendu bien des choses saintes; mais, aussi bien qu'Allah est vivant, je n'ai jamais ouï d'histoire plus étonnante que celle-là.

Le Démon lui-même me l'a racontée quand il s'assit avec moi dans l'ombre de la tombe. Quand le Démon eut fini de raconter son histoire, il se renversa dans la tombe et éclata de rire. Je ne pus pas rire avec lui, et pour cela il me maudit. Et le lynx qui habite éternellement dans la tombe, en sortit, se coucha aux pieds du Démon, et le regarda fixement.

FIN.

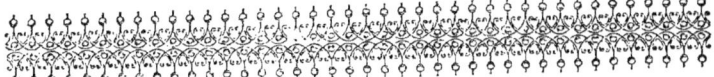

TABLE

—

FIN DE LA TABLE.

Limoges. — Imp. F. F. Ardant frères.

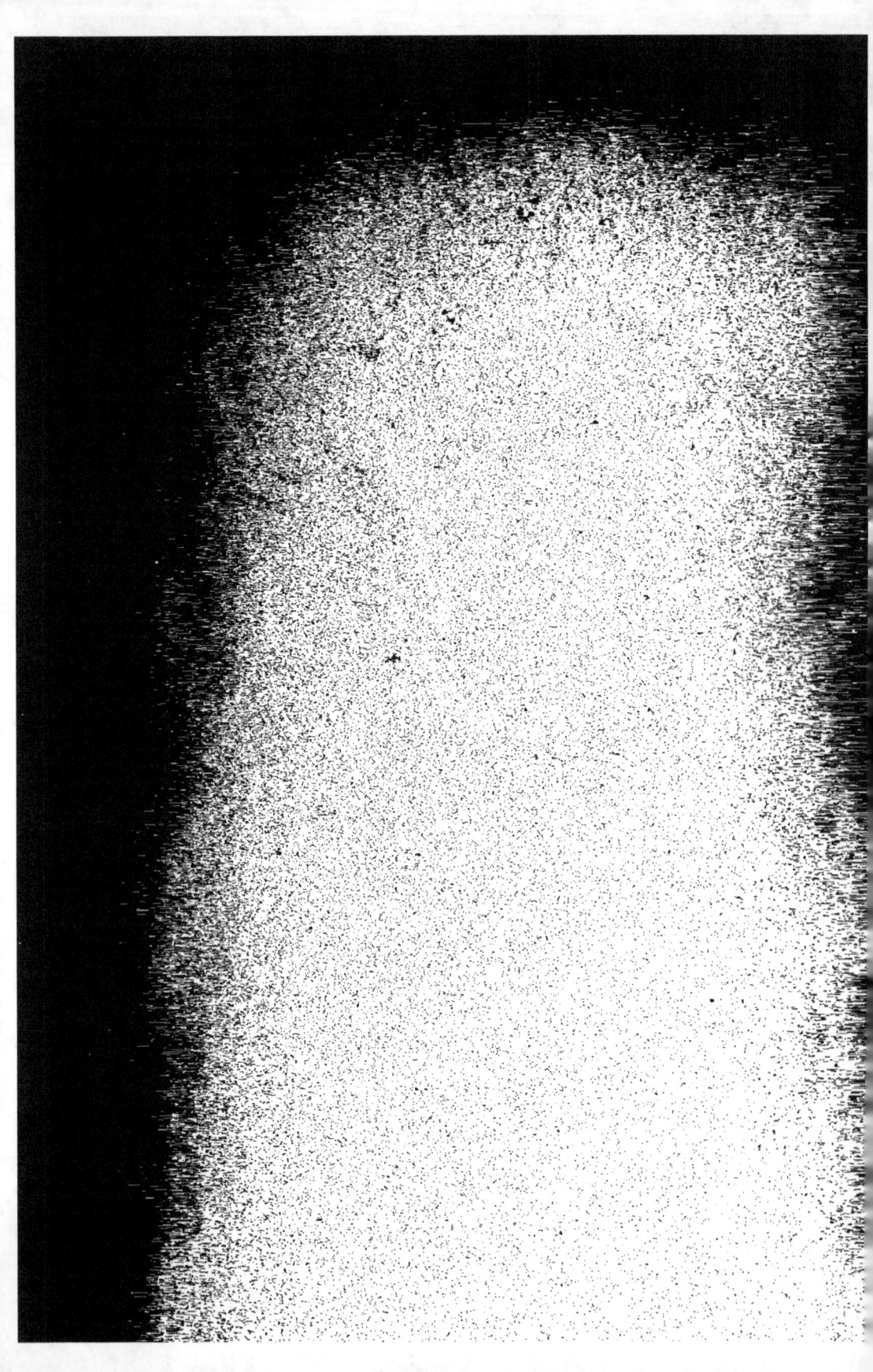